# 経験済みなキミと、経験ゼロなオレが、お付き合いする話。その3

長岡マキ子

JN020184

ファンタジア文庫

3122

口絵・本文イラスト　magako

CONTENTS

# プロローグ

まぶしい夏が、閃光《せんこう》のように駆け抜けていった。

胸の中に、溢《あふ》れんばかりの思い出を残して。

初めての彼女と過ごした初めての夏は、俺にいろいろな気持ちを教えてくれた。

信じること。

過去を受け入れること。

人を愛するということ……。

経験済みな彼女が、経験ゼロな俺にくれた、数々の「初めて」が、かけがえのないもので、嬉《うれ》しくて。

この子を一生大切にしたい、と思ったんだ。

ずっと一緒にいたい。

そう強く願えば願うほど、俺の中に、焦《あせ》りにも似た願いが生まれる。

早く、君につり合う男になりたい。

君にふさわしい男だと、みんなからも認められたい。

焦燥めいたその感情に突き動かされるように、俺は以前より、一人机に向かうようになっていた。

# 第一章

九月某日、日曜日の朝。お台場。自由の女神像前。

「谷北朱璃《たにきたあかり》です」

小柄な女の子が、ピョコンと頭を下げた。

「って、仁志名《にしな》くん以外は同《おな》クラだから知ってるやんな？　仁志名くんとは去年同クラだったし」

「ニシッ……！」

「ど、どうしたニッシー!?」

隣にいたニッシーがフラッと倒れかけたので、思わず片腕を支える。イッチーがもう片方の腕を支えて、ニッシーはなんとか立っていた。

「……お、女の子に、名前を呼ばれた……それも二回も……」

ニッシーは、天を仰いで青息吐息でつぶやく。

「わかる、わかるぞ、ニッシー！」

イッチーも興奮を隠しきれない顔で同情（？）している。

俺も、ニッシーの気持ちは痛いほどよくわかる。

「今日は大変なことになりそうだ……」

早くも瀕死《ひんし》寸前のニッシーを支えて、改めて目の前のメンツを見た。

今自己紹介したのは、同じクラスの谷北さん。月愛《るな》の友人で、彼女が「アカリ」と呼んでいる子だ。クラスの女子の中でもひときわ小柄で、元気で、陽キャグループの中でも目立っている方だ。

月愛の友達だけあって、目が大きくて可愛《かわい》らしい顔立ちをしている。髪型はウェーブのかかったボブで、やはり陽キャらしく明るめに染めている。ダボっとしたトップスにショートパンツ、頭に大きなリボンをつけたファッションは、個性派なギャルっぽい。制服のときもなんとなくおしゃれな雰囲気で、俺なんかは一番気後れしてしまうタイプの女子だ。

「もう時間っしょ？　早く行かね？」

谷北さんの隣に立っている山名《やまな》さんが、そこで腕組みして言った。

彼女は、両肩が水平にあらわになったトップスにタイトなミニスカート、ロングブーツという強そうなギャルファッションをしている。イメージ通りの私服姿だ。

「そだね！　行こ行こー！」

そして、その隣――俺の隣でもある――にいるのが、月愛だ。今日は肩ではなく脇腹が露出したトップスに、ゼブラ柄のミニスカートを穿《は》いている。

うっかりすると、つい彼女の脇腹に目が行きがちになって、慌てて目を逸《そ》らす。

ああ、可愛い……触りたい……いや、こんなところで何を考えているんだ、俺！

まだ九月上旬で気温も三十度を超えているのに、女の子たちはなんとなく秋っぽい装《よそお》いをしていた。たぶんそれがおしゃれなんだろう。

対して男は……イッチーもニッシーも、Tシャツにジーンズという定番の夏の普段着だ。

もちろん、俺も。

こうしてなんとなく円になって顔を突き合わせていると、改めて場違い感がハンパない。

「ほら、リュート！　早く行こー？」

月愛が俺の腕に手を絡《から》めて歩き出し、俺たちはなんとなく移動を開始した。

「う、うん……ちょ、ちょっと月《る》……いや、白河《しらかわ》さん」

「えー、なんでまた苗字《みょうじ》呼び？」

「いや、その……」

こんな人の多い場所で、俺みたいな男が、誰もが振り返るような美少女の彼氏ヅラをするのが恥ずかしい。

それに、みんなの前でいちゃついて、イッチーやニッシーのヘイトを買いたくない……と思って背後を見ると、男二人はどうやらそれどころではなく、引きつった顔でぴったりと俺の後ろをついてきていた。互いに寄り添うように身を縮めて、周囲に警戒心の強い視線を送っている。

日曜のお台場は、家族連れやカップルなど若い人たちでにぎわっていた。俺だって若者なんだけど、真夏のような晴天の下で、青い海に向かって明るい笑顔を晒《さら》す人々があまりにまぶしくて、イッチー、ニッシーと同様、なんとなく気後れしている。

「ん～、ゼッコーのサバゲー日和だね！」

そんな中、太陽に向かって伸びをするように両腕を伸ばし、月愛が微笑《ほほえ》んだ。短い袖からのぞく白い脇の下と、露出している脇腹のなめらかな肌が、セクシーでまぶしい。

「そ、そうだね……フィールドは屋内だけど」

俺たちは今日、サバイバルゲーム、略してサバゲーをするために集まった。

夏休み、月愛のひいおばあさんの家に滞在していたときに行った夏祭りで。涙する月愛を「一緒にできる初めてのこと」に誘いたくて、とっさに言ったのがサバゲーだった。なんでサバゲーなんだって話だけど、イッチー、ニッシーと行きたいねという話をしていたのを、パッと思いついたからだ。

そして、今日に至る。

サバゲーといえば、エアガンを装備したプレイヤーたちが、敵味方に分かれて撃ち合うゲームというのが一般的な認識だろう。でも、今日俺たちが予約したのは、商業施設の中にある専用の屋内フィールドで、六人から貸し切り可能でレンタル品も豊富な、少人数・初心者に優しい施設だ。いくらエアガンとはいえ生身の人間を撃つゲームなので、未成年OKな装備やフィールドは限られている。ゴツい装備をした歴戦の大人たちと戦うのも怖い。そんな俺たちの希望に合うフィールドは、ここくらいだった。

「秋葉原がよかった……。アキバなら俺を受け入れてくれる……」

「しょーがねーよぉ。アキバのフィールドはガチ勢仕様なんだから」

「リア充こえぇよ~……」

「今日だけは俺たちもリア充だぜ……なんたって女子がいるんだからな」

「なおのことビビっちまうよぉ~！」

イッチーとニッシーが震えながら話している。二人とも、誘ったときには「女子とサバゲーだとぉー!?」と大興奮だったのに、集合してから一言も女子と口を利《き》いていない。

「どーしたの？　今日元気ないじゃん、あんたたち」

するとそんな二人に山名さんが声をかけてきた。

「お、鬼ギャル……！」

　イッチーとニッシーは、絶句して固まる。

「……居酒屋『ばっかす』ではよくも……」

「何がカ●ピスソーダだよ……」

　二人が顔を寄せて、小声で言い合う。日輪刀でぶった斬ってやるとか言っていたのに、いざ本人を目の前にしたらこの有様だ。

　そんな彼らに、山名さんは感心したように言った。

「あんたたちさー、意外と強いよね」

　イッチーとニッシーが「え？」という顔になる。

「もっと潰れるかと思ったわ。あのとき。自力で帰れてすごいじゃん」

　そう言って、山名さんは二人にウィンクする。

「今日も頼りにしてるから♡」

「…………」

　二人の顔が見る間に赤くなり、鼻息が荒くなる。

「よ、よーしっ！」

　イッチーが叫んで先頭に躍り出て、ニッシーもそれに続く。

「やっぱ鬼ギャルサイコー！」

「凶弾から鬼ギャルを守るぜーっ！」

威勢よく叫びながら、前を歩いていく。辺りの陽キャの目も、一時的に気にならなくなったようだ。

「なんというチョロさ……」

これもまた、悲しき陰キャの性《さが》だった。

店に着いた俺たちは、初めてということで店員さんからサバゲーの基本的なルールやマナー、エアガンの扱いなどについて講習形式で説明を受けた。それから、男女別の更衣室で、レンタルセットの中に入っていた迷彩服に着替えて、ゲームの準備に取りかかる。

「じゃーん！」

その声に、先に着替え終えて、セーフティエリアでエアガン本体やマガジンをいじっていた俺たち男子は、手を止めて顔を上げた。

女子更衣室から、女子三人が現れた。

「どうー!?　似合ってる？」

迷彩服に身を包んだ月愛が、エアガン（マガジン未装着）を構えてポーズを取る。

「おー……っ⁉」

思わず見惚《みと》れかけて、はっとした。

「……し、白河さん、ボタンボタン！」

「え？」

月愛は自身の胸元に視線を落とす。

月愛の迷彩シャツは、胸元がガッツリ開いて、谷間が見えていた。両隣を見れば、山名さんも同様だし、谷北さんに至っては、思いきり襟を抜いてゆるダボッとした上級おしゃれテクで着こなしている。

「いや、肌出してたら危ないって！」

いくらBB弾でも、電動エアガンから繰り出されるのを直《じか》に食《く》らったら痛いだろう。

そんな俺に対して、山名さんが眉間に皺《しわ》を寄せる。

「えー？　ギャルは肌見せしないと死ぬんだけど」

「ゲーム直前にボタン留めるから〜！」

月愛も甘えた声を出す。

「そそ。写真撮り終わったら、普通に着るやんな？」

谷北さんが淡々と言って、自分のスマホを取り出す。

「「イェーイ！」」

「……ギャルだ……」

たちまち自撮り会場と化したセーフティエリアを見て、イッチーが呆然《ぼうぜん》とつぶやいた。

「いい匂いだ……」

マガジンにBB弾を込めながら、ニッシーが鼻の穴を大きくして息を吸い込んでいる。

「あ、待って、うち下から撮るね」

谷北さんがスマホを持って床に寝転がり、月愛と山名さんが、エアガンを小道具にモデルのようなポーズを取る。

「ルナちの手、もうちょい左ー」

「こう？」

「あっ、違う！　うちから見て左！」

「あ、右ってこと!?」

「おけ！　エモですよエモ」

「アカたそ、サンキューベリーまいっちんぐ〜」

「「いや〜ん！」」

もはや何を言っているかわからないが、女子たちは身体《からだ》をくねらせて楽しげに笑っている。

「…………」

今まで、月愛とは二人きりで会うことが多かったから、女友達と一緒にいるときの彼女を間近に見るのは新鮮だった。楽しそうにはしゃぐ姿に、いいなぁと山名さんや谷北さんが羨ましくなる。俺はこのノリには絶対ついていけない……。

そんなことを思っていたとき、不意に月愛と目が合った。

「ねーねー、リュートたちも一緒に撮ろうよ」

「えっ？」

「あ、うち三脚出すね〜」

谷北さんが、荷物置き場へちょこちょこっと走る。

「あーサンキュ、アカリ」

山名さんが礼を言う間に、谷北さんは十センチほどの小さな三脚を持ってきて、気がついたら、集合写真を撮る流れになっていた。

「リュート、ほらほら！」

月愛が、俺の腕を取ってカメラの前に進み出る。

「えっ、ええっ……⁉」

触られた腕が熱い。立ち込めるフローラルだかフルーティだかな香りに、何度目でもクラッとさせられる。

「うわ、ラブラブー！」

スマホをのぞく谷北さんが大げさにリアクションするから、恥ずかしくなってしまう。

ふと殺気を感じて見ると、イッチーとニッシーが、ヤンキー漫画の表情で俺にメンチを切っていた。

「おのれカッシー……！」

「リア充沈ぼぉぉぉっっ！」

「ヒッ！」

悪気はないです許してください！

そんな二人に、山名さんが近づく。

「ちょっとぉ、あんたらはあたしじゃ不満なわけ？」

と二人の間に割って入ると、同じくらいの身長のニッシーの肩に男友達のようにガシッと腕をかけ、長身のイッチーにはファッションモデルのポージングのように肩に手を乗せる。

「「……‼」」

女の子との不意打ちのスキンシップに、イッチーとニッシーは完全に固まった。

「はーい、画角オッケー！」

三脚に固定したスマホを確認した谷北さんが、ちょこちょこ走ってきてポーズを取る。

「撮るよー！」

リモコン式らしく、彼女のかけ声と共に、スマホが自動でカシャカシャ鳴った。

自分がどんな顔をしていたかもわからないが、とりあえず撮影が終わった。

「……鬼ギャルのぬくもり……」

「鬼ギャルの香り……ココナッツのにほひ……」

イッチーとニッシーが陶然としている傍《かたわ》らで、月愛が俺の服の袖を引く。

「ねえねえ、このカッコ、どう？　似合ってる？」

「え……？」

そういえば、さっきちゃんと感想を言っていなかったなと思った。

普段とまったく違う装《よそお》いだから、本人的にしっくりきていないのだろうか。月愛はちょっと不安そうに、上目遣いで俺を見ていた。

「えっと……」

改めて、迷彩服をまとった彼女の全身を見る。その途中で開いた胸元に目が留まってしまい、慌てて顔に視線を戻した。

「にっ、似合ってるよ。……か、可愛《かわい》い」

しどろもどろに答えると、月愛は安心したように微笑《ほほえ》んだ。

「ほんと？　よかった！」

そして、片手で持っていたハンドガンを両手に持ちかえ、俺に銃口を向ける。

「今日は、あたしの活躍でリュートのハートをクリティカルヒットしちゃうからね！」

バァンと口で言ってから、月愛は照れたようにエヘへと笑った。

その姿の可愛さに、耳まで熱くなる。

「……ひ、人に銃口向けちゃダメって、さっき教わったろ？」

「あ、そうだった！」

俺の照れ隠しの小言に、月愛は口に手を当てて真顔になる。

「ごめん、リュート！」

「いいよ……今のは」

はにかみながら答えた俺の胸は、さっきの彼女を思い出して高鳴りっぱなしだ。

――今日は、あたしの活躍でリュートのハートをクリティカルヒットしちゃうからね！

……とっくに撃ち抜かれてるんだけどな。

「……どしたの、リュート？　ニヤニヤして」

俺をじっと見て、月愛が不思議そうな顔になる。

「あ！　もしかして……見てた？」

と押さえたのは、谷間がのぞいた胸元だ。

「ち、違うよ！」

ここで勘違いされたら、スケベな男だと思われないよう目を逸《そ》らし続けていた努力が水の泡だ。

「ショージキに言ったら、もっと見せてあげてもいいよ？」

「だから違うって！」

月愛はいたずらっ子の表情で、ほれほれ〜と谷間を見せようとしてくる。そんな彼女をなんとかかわして、俺はサバゲーの準備に戻った。

そうして支度を終えた俺たちは、ゲームを始めるためにセーフティエリアからバトルフィールドへ向かった。

「うわぁ！」

「すげぇ！」

イッチーとニッシーが感動の声を上げる。

「Ａｐａｘぽくね⁉」

「いや、ＰＯＰＧだろ！」

有名バトルシューティングゲームの名前を挙げて、今日一番の大声で言い合っている。

俺たちが借りたフィールドは、もちろん屋外フィールドのように広大ではない。広さで言えばちょっとした会議室程度かもしれないが、壁や障害物がいたるところに配置されていて、迷路のように見通しが悪くなっているから、この人数にはちょうどいい気がする。

フィールド内は、人工の蔦《つた》や「ＫＥＥＰ ＯＵＴ」のテープで装飾されているので、デジタルのバトルロイヤルゲームのような雰囲気が出ており、俺もひそかにテンションが上がっていた。イッチー、ニッシーとサバゲーの話をするようになったのも、ゲームの世界観に憧れて、リアルで体験してみたいと思ったからだ。

お金がかかるから進行役《ゲームマスター》を頼まなかったので、チーム分けした俺たちメンバーだけでスタート地点に着く。

赤チームのメンバーは、俺と月愛と谷北さん。黄色チームが、山名さんとイッチー、ニッシー。写真撮影のときの流れから、なんとなくそんなふうに決まった。間違えて味方を撃たないように、迷彩服の腕に、各自チームカラーのテープを巻いている。

「ゲーム、スタート！」

全員でのコールで、ゲームが始まった。

しばらくの間、様子見の時間が流れる。時間制限なしの敵殲滅《せんめつ》戦だが、人数が少ないので、決着は早いだろう。

「……うち、見てくるね」

俺たち赤チームは固まって様子を見ていたが、ふと谷北さんが、小柄な身体を活《い》かして、バリケードに隠れながら前へ進んだ。

「気をつけてね、アカリ」

俺と月愛も、彼女に続いて前方へ動く。

そのとき……。

「リア充死ね────っ！」

絶叫と共に、ＢＢ弾が俺の耳の横をかすめた。

「うわっ！」

見ればニッシーが斜め前方にいて、バリケードから半身を出してこちらを狙っていた。

「下がって……！」

月愛を背後に下がらせ、俺はバリケードに半身を隠してライフルを構える。

「くそーっ！　二人まとめて地獄に送ってやる！」

失敗しても俺たちからロックを外さないニッシーに、怨念のような執念を感じる。飛んでくるBB弾は幸いにも外れているので、俺も何度か引き金を引いた。

「うわ、ヒットぉ！」

たまたま狙いがよかったのか、その中の一つが当たったようだ。ニッシーが悔しげに両手を上げる。被弾した人は、即フィールドから撤退だ。

「とりあえず一人……」

撃ち合いに勝って、ほっとしかけたとき。

「ニッシー！　お前の仇《かたき》は取ってやる！」

近距離で声がして、またもBB弾が横を通る音がした。

「わっ！」

危なかった。

一旦バリケードに隠れて隙間からのぞくと、イッチーがこちらにライフルを向けていた。

「リュート、だいじょぶ？」

背後の月愛が、心配そうに声をかけてくる。

「大丈夫。月愛はしゃがんでて」

そう言って、再びバリケードから半身を出してライフルを構えた。

「カッシー、くらえぇ！」

イッチーは、俺を目掛けて無茶苦茶に撃ってくる。

「うわっ！」

狙いをつける前に撃たれそうで、再びバリケードに頭を引っ込めざるを得ない。

「リア充は滅せよおおおお！」

すごい。すごい迫力だ。

正直、気迫負けしている。

そう思って、焦《あせ》っていたときだった。

「えいっ！」

第三の方角から、ＢＢ弾が飛ぶ音がした。

谷北さんだ。俺たちの先にいた谷北さんが、近距離からイッチーを狙って撃っていた。

「うおっ⁉」

イッチーの俺への銃撃が止《や》む。

谷北さんの姿を確認したイッチーは、一旦バリケードに引っ込んで体勢を立て直す。

「当たんなかった～！　ぴえん！」

一方、一撃必中の近距離での奇襲に失敗した谷北さんは、焦ってバリケードに退避しようとする。今いるのは膝丈ほどの高さの箱の陰だったので、ここで攻撃を受けたら危ない。

だが、バリケードに向かうその後ろ姿に、イッチーのライフルの銃口が向けられた。

「あっ、谷……」

「危ない、アカリ！」

そこで、俺の後ろにいた月愛が、バリケードから飛び出した。

「……っ、白河さん⁉」

「……⁉」

驚いたのは俺だけでなかった。イッチーも、突然全身を晒《さら》して現れた標的に戸惑って、銃口が迷いでぶれる。

今だ……！

俺はバリケードから半身を出して、イッチーを狙った。

イッチーが月愛に狙いをつけるのより早く、俺の弾がイッチーの肩にヒットする。

「……っテッ⁉　……くそぉ〜ヒット〜……！」

ノーガードになっていたイッチーは、あっけなく散った。

「早く隠れて！」

俺はすかさず月愛と谷北さんに声をかける。イッチーとニッシーは仕留めたが、黄色チームにはもう一人、山名さんがいる。

そう思った瞬間、視界の中に人影が現れた。

「……!?」

月愛は、一番近いバリケードを谷北さんに譲り、俺のところへ戻ってこようとしているところだった。背中を向けている方向から、ハンドガンを携えた山名さんが姿を現した。

「…………」

山名さんは無言でハンドガンを構え、月愛に向かって引き金を引こうとする。

もう声をかけても間に合わない。そう思った俺は、バリケードから飛び出して──。

月愛の前に出た。

「……っ！」

そして、被弾した。

「ヒット……！」

両手を上げて退場しようとする俺を、バリケードに戻った月愛が見ている。

「リュート……！」

そのつぶやきが終わらないうちに、山名さんが動いた。

「あーんっ！　当たったぁ〜」

谷北さんが声を上げ、バリケードから出てくる。狙撃しようとしたところを撃たれたようだ。

「……さ、残るはあんた一人だね、ルナ」

今まで一言も発さなかった山名さんが、バリケードの陰で不敵に笑った。

「ニコル……」

月愛はハンドガンを握りしめ、複雑そうにつぶやく。それから、出入り口の方へ向かっている俺を見て、決意の表情になった。

「あたし、負けないから！　リュートの分も……！」

そこから決着がつくまでは、時間にすると、ほんのわずかな間の出来事だった。

月愛が半身を出して、山名さんの方へ銃口を向ける。すると山名さんはバリケードを飛び出して、月愛のすぐ近くの障害物に身を隠す。月愛が撃ったタイミングで山名さんが半身を出して撃ち、月愛も引くことなく撃ち返す。

ＢＢ弾が射出される乾いた音が、二人の少女の間を何度か行き交った。

「……あっ！」

先に声を上げたのは、山名さんの方だった。

「チッ……ヒットぉ！」

悔しそうに舌打ちして、両手を上げる。

かくして、勝者が決まった。

◇

「くっそぉ〜！　リア充を沈められなかったか〜！」

全員セーフティエリアに戻ってから、勝敗を知ったイッチーは盛大に悔しがった。

「次だ次！　次こそはカップル集中攻撃だ！」

「えー、それはちょっとひどくない？」

「えっ……」

友に続いて息巻いたニッシーは、谷北さんに非難されて固まる。本当は繊細なのだ。

そんなニッシーに、山名さんが近づく。

「ねぇ、ちょっとこれ貸してくんない？」

ニッシーのライフルを取って、山名さんは壁に向かって狙いを定める。

「……あー、やっぱこっちのが断然狙いやすいわ」

お店の人の勧めもあって、俺たちはレンタルエアガンの中から、男子はライフル、女子はハンドガンを借りていた。ライフルは狙いやすいけど重さがあるので、膂力《りょりょく》の弱い女子は機動力が落ちるという理由だった。

「サンクス」

ニッシーにライフルを返した山名さんは、自分のハンドガンを持って受付の方へ向かう。

「ちょっとライフルってやつ？　に替えてもらってくるわ」

無理だと言われても、有無を言わさず交換させそうな堂々たる宣言だった。

「……ねぇ、リュート」

そこで、月愛が俺の元へやってきた。

「さっきはごめんね。リュートが撃たれたとき……あたしを守ってくれたんだよね？」

眉を下げた表情で微笑《ほほえ》むのが可愛《かわい》くて、ドキッとする。

「あ、ああ……でも全然いいよ。反撃できればかっこよかったよね……」

「ううん」

ブンブン首を振って、

「……すごく、かっこよかったよ」

月愛はつぶやき、頬を染めた。

「ありがと、リュート」

恥ずかしそうに視線を外して言ってから、俺と再び目を合わせる。

「……だからね、頑張って勝ったよ」

「うん……ありがとう。上手《うま》かったね」

セーフティエリアに捌《は》ける道のりで、思わず一瞬立ち止まって見届けてしまったくらい、見応えのある緊迫した撃ち合いだった。

「えへへ」

俺に褒められて、月愛は嬉《うれ》しそうに微笑む。そして、ふと辺りを見回した。

「……どうかした？」

俺が訊《き》くと、月愛は、はっとして首を振る。

「ううん、なんでもない」

「……？」

そんな会話をしているうちに、山名さんが戻ってきた。その手には、ちゃんとライフルを持っている。

「あっ、ニコル！　どうしたの、ネイル」

そんな山名さんの手元を見て、月愛が驚きの声を上げる。

「ん？　今ついでにハサミ借りて切ってきた。さっき、引き金に引っかかって撃ちづらかったんだよね」

見ると、山名さんのゴリゴリに装飾された爪は、確かに短かった。元を覚えてないけど、いつものように長く伸ばしていたのだろう。

「今のネイル、可愛かったのにぃ」

「ありがと。まぁ、またやればいいっしょ。スカルプで伸ばせるし」

谷北さんに答えた山名さんは、壁に向かってライフルを構える練習に余念がない。

「……うん。これでさっきより撃てる気がするわ」

何度目かの練習のあとにそう言って、彼女は自信ありげに笑った。


その言葉通り、次のゲームで山名さんが覚醒した。

「オラオラオラ、あたしに撃たれたいヤツは出てきな！」

「きゃーっ、ヒット〜〜！」

「ニコル強いよぉー！」

チーム戦では即終了してしまってゲームにならないので、勝者一人のバトルロイヤル戦に切り替えてやってみる。

ものの……。

「オラオラオラ！　消えなザコ野郎！」

「ぎゃああ～いてぇ！」

「鬼ギャルの弾丸、ヒットぉ～～！」

やはり、山名さんは無敵だった。

それでもなんだかんだで十ゲームほど楽しんで、貸し切りにした二時間半を使い切り、俺たちはゲームを終了した。

全員着替え終えて、荷物を持ってセーフティエリアを出ようとしていたときだった。

「……あれ？」

月愛が自分の鞄《かばん》の中を探して、困ったような声を上げた。

「ピアスが一個ない……最初に着替えたとき、ポーチにしまったのに」

「え、ちゃんと両耳にピアスついてるよ？」

谷北さんが月愛の耳を確認して言うが、月愛は首を振る。

「最初は、もう一個つけてきてたの」

「あ、月と星の形のやつ？　私服のとき、よく一個だけつけてるピアス」

山名さんの言葉に、月愛は頷《うなず》く。

「そー、それ」

「大切なやつなんでしょ？　没収されたらヤダから、学校にはつけてかないって言ってたもんね」

「うん……」

「そんなに大事なものが？」

心配になって、俺も近くの床を捜し始めたとき。

「……あ、あった！」

月愛の明るい声がした。

「ごめん、鞄の中に落ちてた。ポーチから飛び出たみたい」

ちゃんと捜してから言えばよかったーと苦笑する月愛に、俺は微笑んだ。

「あったならよかったよ」

「だねー！」

「よきよき」

みんなに温かく見守られながら、月愛が見つけたピアスをつける。

チェーンにぶら下がった三日月と星のモチーフが耳の下で揺れる、けっこうな存在感があるピアスだった。

——私服のとき、よく一個だけつけてるピアス。

山名さんの言葉を思い出す。いくらファッションに興味がないとはいえ、彼女が大事にしているピアスも知らなかったとは、と恥じる。髪の毛で隠れがちなのもあって、普段あまり気にして見たことがなかった。

でも、どうして一個だけなんだろう？　ピアスって、普通は両耳セットで売っているものなんじゃないだろうか？

少し疑問には思ったものの、おしゃれな女子の間ではそういう流行があるのかもしれないと考えて、そのときは放念した。

◇

「それにしても、鬼ギャル一人でドン勝《かつ》とは……」

その後に向かったレストランの席で、イッチーがニッシーに向かってしみじみつぶやいた。

「やっぱ鬼ギャルは伊達《だて》じゃねーな……」

「通常の三倍のスピードで接近してきたよな」

「二手三手先を考えて戦ってたな」

「全然かなわなかったな……俺たち」

「坊やだからさ」

二人の会話を聞きながら、俺も早くガンダムを履修しようと思った。

俺たちは午前中の部の貸し切りだったため、ゲームが終わったらちょうど昼食の時間帯になっていた。誰も帰ろうと言わないので、そのまま六人で、同じ商業施設内にあるイタリアンレストランに入店した。

テーブルの配置はファミレスっぽくて未成年や家族客も多いが、インテリアや照明の雰囲気がこじゃれていて、男だけだったらまず選ばなかったであろう店だ。

六人用のテーブルに、男女に分かれて向かい合って座ってしまい、巷《ちまた》でいう「合コン」みたいでほんのり恥ずかしい。ちなみに、谷北さんとイッチー、山名さんとニッシー、月愛と俺が向かい合う形だ。

「でも、サバゲー楽しかったな〜」

食後にドリンクバーのアイスココアを飲みながら、谷北さんが微笑んでつぶやいた。

「マジ？　アカリならそう言ってくれると思って誘ったんだー！　よかった！」

月愛が嬉しそうに笑う。

「うん。エアガンの種類で、弾の飛び方って変わるやんな？　距離とか速さとか。自分でいろいろ買って試したら面白そう」

「だよな！」

イッチーが、急に興奮気味に口を開いた。

「たぶん、エアガンがサバゲー沼の始まりなんだよ。俺も面白《おもしれ》ーなって思った。もっといろいろ撃ってみたくなるわ。今日借りたやつは、電池で動く電動ガンだったじゃん？　トリガーを引くだけで撃てるから楽だけど、他にもガスガンとかエアコッキングガンとかあって、それぞれ操作性も違うらしいから、全部使いこなせたらかっこいいよな」

本日、女の子に対して初めて自分から口を利《き》いたのがこれだ。俺は内心びっくりした。

「へー、そうなんだー？」

だが、さすがは月愛の友達の陽キャ女子、谷北さんは戸惑うことなく普通にイッチーに対応する。

「でも、エアガンって高いんでしょ？」

「うーん、ピンキリだけど、キリで五千円くらいかな」

「三千円くらいのもあるぜ」

ニッシーが、イッチーに便乗する形で会話に入る。置いていかれてなるものかと思ったのかもしれない。

「じゃあ、ピンは？」

「いや、そりゃもう五万とか？」

「十万くらいするのもあるだろ」

「だっけ？　どうせ買えないし、上のグレードのは調べたこともねぇなー」

「やっぱそうだよねー。面白そうだけど、これ以上は沼増やせないなぁ」

「アカリ、けっこうオタクだもんね。あたしもだけど」

山名さんの言葉を聞いて、イッチーとニッシーの目の色が変わる。

「えっ、マジ⁉」

「なんのオタク⁉」

まさか陽キャギャルの口から「オタク」の単語が飛び出すと思っていなかったとあって、

イッチーとニッシーは親近感で一気に食いつく。

谷北さんは、待ってましたとばかりに嬉々《きき》として答えた。

「VTS《ヴィーティーエス》！　円盤出すたびに特典狙いで複数買いマストだし、マジで底なし沼だよー！　ハングルも勉強中！」

「び、びー……？」

戸惑っていると、月愛が説明してくれる。

「K−POPの男性グループだよ。うちら、アカリに布教されてるの。今めっちゃ流行《はや》ってるけど、聞いたことない？」

俺も含め、男子は全員ぽかんとしていた。

スイッチが入ったのか、谷北さんは生き生きと話を続ける。

「前はDオタで、誕プレに年パス買ってもらってインパしまくってたの。今でもソシャゲはやってるけどね。あと、レジンでアクセ作ったりするのも好きー！　ってか服とかファッション全般が好きだから、卒業したらそっち系の専門に行くんだぁー」

「あたしはネイルオタクだね。ジェルもパーツもひとつひとつは安いから、いつの間にか集めすぎてて収納ヤバいわ」

谷北さんに続いて山名さんも、自分の沼を語る。

「「…………」」

見事に興味のないものを並べ立てられ、イッチーもニッシーも押し黙ってしまった。チャラ男ならテキトーに話を合わせるのかもしれないが、これが陰キャ童貞の限界だ。同類として、わかりすぎる。

「二人とも、そこまでハマれるものがあってすごいなぁ」

月愛が自然に場を繋《つな》いでくれて助かった。

そんな月愛に、山名さんがニヤッと笑いかける。

「あんたもあんじゃん、ハマってるもの」

「……え？」

山名さんの視線を感じて、俺はキョドる。

月愛がそれに気づいて、たちまち赤くなる。

「え、リュートのこと!?　なにそれ〜〜！」

「今日はごちそうさまだわ。独り身には正直きついっす」

山名さんが冷やかすように言うと、谷北さんも笑う。

「ラブラブでうらやましいよね〜！」

そこで隣のニッシーが何かブツブツ言ってるのが聞こえて、俺は耳を傾ける。

「……てか、まさか鬼ギャルって彼氏いないのか……？」

「ああ、うん。そうみたい。意外だよね」

夏祭りのとき、月愛がそんなことを言っていた。するとニッシーが驚きの顔で俺を見る。

「カッシー、知ってたのか⁉　早く言えよ」

「えっ？　もしかしてニッシー、山名さんのこと……」

「いやっ、そういうんじゃなくて！　ありがたさが違うだろうがっ！」

わかるような、わからないようなことを言われた。ちなみに、この会話は小声で交わされ、俺とニッシー以外には聞かれていないはずだ。

「ニコルもアカリも、作ろうと思えばいつでも彼氏できるじゃん？」

月愛が言うと、谷北さんが「うーん」と唸《うな》る。

「まあ、うちは今ジェミのことで頭いっぱいだから、しょーみ彼氏とかいらんのよね」

誰？　と思って正面の月愛を見ると「ＶＴＳのメンバー」と教えてくれた。

「いろいろやりたいことあるから、一人でも楽しいし。誰かと一緒に趣味の活動するなら、同性同士の方が気楽でいいじゃん？」

それは同意できるなと思っていると、隣のニッシーとイッチーも大きく頷いていた。

「……二人とも、彼氏にするならこういう人がいいとか、あるの？」

会話を続けるために、おそるおそる発言してみた。月愛で慣れてきたとはいえ、陽キャ女子に話しかけるのは勇気がいるが、イッチーとニッシーへのサービスのつもりだった。

すると、山名さんの顔つきに翳《かげ》りが現れた。

「……あたしは、今はまだそういうこと考えられないかな」

初めて見る、山名さんの表情だった。寂しそうな、ほろ苦い面持ちをしている。

「……やっぱ、まだ前の彼氏のこと？」

谷北さんに訊《き》かれて、山名さんは頷《うなず》く。

「だって、めっちゃかっこいい人だったんだよ」

「かっこいいって、顔？」

「ううん、生き様？　いつもイヤフォンしてるから『なんの曲聴いてるんですか？』って訊いたら『お経』だって。マジヤバくない？」

「……確かにヤバい……」

息を呑《の》んで周りを見ると、谷北さんはポカン顔になっていて、ニッシーは盛大に噴き出した。

「中二病の極みじゃねーか……！」

だが、すぐに山名さんに「あ？」とにらまれて沈黙する。

山名さんは、そんな中二な元カレを心からかっこいいと思っているらしく、気を取り直してうっとりしている。そして、ふと我に返って微苦笑した。

「……バカみたいだよね。中二のときに、たった二週間だけ付き合った男のこと、今でも忘れられないなんて。でも、初めて好きになった人だからさ……」

……意外だ。

「二週間……」

隣のニッシーが、驚きの声を漏らす。

だよな。俺も驚いている。

この感じだと、その後、現在まで他に付き合った人はいないのだろう。

中二の二週間で、そこまで関係が進むとは思えない。

ということは、山名さんって、こう見えて、もしかして……？

「処……イテえええええッ！」

何かを言おうとしたニッシーが、急に片脚を抱えて悶絶《もんぜつ》し出した。

「んあ？　今てめぇなんつった？」

山名さんは、いつにも増して鋭い眼光でニッシーを睨《にら》みつけている。その表情とドスのきいた声色は、完全にどヤンキーのそれだ。

「『処』とか言ったよなぁ？　そんなに『処罰』が欲しいのか？　それとも『処刑』か？　ぁあん？」

「ひいぃぃいっ！　なんでもありましぇん！」

ポエマー・ニコル先生が地獄のライムを繰り出してきて、ニッシーは涙目で撤回する。

「だ、だいじょぶか、ニッシー……？」

未《いま》だに膝を抱えて苦しんでいるので尋ねてみると、ニッシーは俺にいい笑顔を向ける。

「ピュア鬼ギャルの十センチヒールいただきました……ありがてぇ……っ！」

どうやらテーブルの下で足を踏んづけられたようだ。

まあ、本人が苦痛を悦《よろこ》びに感じているならいいか。

「……言っとくけど、ちゃんとやってるから」

そこで、山名さんが俺たち男性陣を威嚇するように見た。恥ずかしさを押し殺すような、ことさらに不機嫌そうな声色で、そう言う。

「ヤってる……」

そうか。そうなのか。

中二の二週間で、初カレとしっかり経験を済ませるとは、さすが山名さん……と思っていると。

「……キスまでは」

山名さんはそうつぶやき、ポッと頬を赤らめて、俺たちから顔を背けた。

「…………」

や、山名さん、ちょっと可愛《かわい》いかも。

恐怖とほっこりが交互に来て、もう情緒がぐちゃぐちゃだ。

ちらと月愛を見ると、月愛は優しい微笑を浮かべて山名さんを見守っていた。さすが親友だけあって、この辺のことは全部承知しているようだ。

「うちは、付き合うなら背の高い人がいいなぁ〜」

そこで、谷北さんが明るい声で言い出した。

彼氏にするならどんな人？　の答えか。自分で訊いたくせに、山名さんの話が衝撃的すぎて、一瞬なんの話題か忘れていた。

「えっ、背高いって……ど、どれくらい？」

それに食いついたのはイッチーだ。長身の自覚があるからだろう。

「ん〜、うち小さいからジェミでも大きいと思うけど、ジョンウくらいあったらかっこいいなーって思う！」

もう月愛に訊かなくても、出てくる名前はきっとＶＴＳ（？）の人なんだろうなと思う。

「てか、伊地知《いじち》くんって大きいよね。身長いくつ？」

谷北さんが、やっと気づいたように言う。イッチーの動揺をテレパシーで感じて見ると、イッチーはあたふたと口を開こうとしていた。

「ひゃっ、ひゃくはちじゅういち……」

それを聞いて、谷北さんが目を見開いた。

「えーっ、イジュンと一緒じゃん！　めっちゃかっこいい！」

「……！」

わかる、わかるぞ、イッチー。

これはヤバい。帰宅してからも、思い出すたびにご飯三杯いけるやつだ。

たぶん谷北さんが「めっちゃかっこいい」と言っているのは「イジュン」のことなんだろうけど、それでも陰キャ童貞には勲章級の褒め言葉だ。

「いやっ……えっ、あ……っす、あ……」

案の定、イッチーは真っ赤になってテンパりまくってしまい、もう会話にならなかった。

そんなこんなで、思いがけず恋バナに花が咲いた楽しい（？）会食が終わって、俺たちはなんとなく商業施設を出て駅の方へ向かう。

時刻は二時半で、微妙な時間だ。

「じゃー、あたし、これからバイトだから」

「うちも生配信ライブ見なきゃだから、ニコるんと帰るねー」

「今日はありがと！」

「楽しかったー！」

山名さんと谷北さんが言って、立ち止まった俺たちに手を振って歩き出した。

それに続くように、イッチーとニッシーも駅へ足を向ける。

「俺も帰るわ……」

「俺も……KENの六百人クラフトに参加しなきゃ……」

二人は放心気味で、まだ先ほどの余韻から抜けきれていないようだ。陰キャ童貞には刺激の強すぎる半日だったから無理もない。

そうして、残ったのは俺と月愛の二人になった。

「……しら……る、月愛は？」

名前呼びは、いまだにちょっと緊張する。

俺の問いに、月愛はちょっとウキウキしたように俺の顔をのぞいた。

「まだだいじょぶだよ。どーする？　せっかくだから、お台場デートしてく？」

甘えるような、可愛い上目遣いの瞳にドキッとする。

「……そっ、そうだね。じゃあ、行こうか……」

と俺たちが歩き出そうとしたとき。

すでに駅の方へ向かって山名さんと歩いていた谷北さんが、急に「あっ、そうだ！」と振り向いて、こちらへ走ってきた。

「加島《かしま》くん！」

「なっ、何⁉」

てっきり月愛に用事があるのだろうと思っていたので、目の前で立ち止まった彼女に驚いて固まる。

そんな俺と、隣の月愛を交互に見ながら、谷北さんは口を開いた。

「あのね。前、ルナちと加島くんが付き合ってるの知らない頃、友達から加島くんとニコるんがお茶してる写真送られてきて、うち『ちょーウケる』って送っちゃったんだけど」

「…………」

ちょっと考えて、もしかしてと思いついた。


ニコルがクラスの地味メンとマッ●でデートしてたんだけどｗ

マジで？　ちょーウケる。

月愛が、山名さんに呼び出されて彼女と会っていたときの俺の写真を「これどーいうこと？」と見せてきた、あのＬＩＮＥか？

あれ、谷北さんだったのか。名前までは、さすがによく見ていなかった。

「加島くんって、確かに目立つタイプじゃないけど、優しくて彼女想《おも》いで、いい人だね。今日一緒にいてみて、ルナちとお似合いだと思った」

俯《うつむ》きがちにそう言ってから、谷北さんは顔を上げる。

「それだけ。ディスっちゃったみたいで、ちょっと気になってたから。じゃあね！」

すっきりした顔つきになると、彼女は月愛と俺に手を振って去っていった。

本当に、それだけ言いに戻ってきたのか。

「……谷北さんって、ちょっとマイペースで、面白いね」

俺が言うと、まだ手を振っていた隣の月愛が笑った。

「でしょ？　面白いの、アカリ。自分を持ってて、突き進んでて」

どこか憧れるように言ってから、軽やかに俺の腕に手を絡《から》める。その右手に光る天然石のリングが、気恥ずかしくて嬉《うれ》しい。

「……じゃあ、行こっか」

「う、うん」

フローラルだかフルーティだかな香りが、潮風の匂いと混ざってふわっと香る。残暑の午後は、触れ合った肌が火照《ほて》るような暑さで、まだあの海沿いの街で過ごした夏が続いているような気分になって。

人知れず、胸が高鳴った。

# 第二・五章　黒瀬海愛の裏日記

加島《かしま》くんへの恋が終わった。

ああ、本当に終わったんだな……って、最近ようやく思えるようになった。

夏休みが終わって。加島くんと、席が離れて。

もっと苦しいかと思ってたけど、意外と心が穏やかなのは、立ち直っている証拠？

ううん……それでも、月愛《るな》と一緒にいる加島くんを見ると、やっぱり気持ちがざわついてしまう。

でも、それもあと少しのことだろう。

大丈夫。

わたしはうまくやれてる。

毎日、自分にそう言い聞かせながら、少しずつでも先へ進んでいこう。

わたしはもう、加島くんのいない人生を歩んでいくのだから。

# 第二章

俺と月愛《るな》は、青海駅《あおみえき》の方に向かった。月愛が「観覧車に乗りたい」とリクエストしたからだ。

徐々に近づいてくる、お台場のモニュメント的な大観覧車。遠くからでも一際《ひときわ》存在感を放つあれに……子どもとカップル以外誰が乗るんだよ、遊園地でもないのに、と思っていたあれに、まさかこの俺が「カップル」として乗る日が来るとは……。

彼女と初観覧車……狭い個室で二人きり……。

考えただけで動悸《どうき》がしてくる。ガラス張りで、そんなにいかがわしいことができるはずはないけど、キスくらいは……と胸が高鳴ってしまう。

というか、月愛の中で、俺とのエッチまで……今何合目くらいなのだろう？

夏休み中の一件で心の距離はぐっと縮まった気がするし、夏祭りでキスしたときも、恥ずかしがりながらも喜んでくれていたように感じた。

……もうすぐなのでは？

もしかすると、この観覧車がその試金石なんじゃ……と欲のあまりによくわからない思考回路になってくる。

幸い、観覧車が混雑している様子はなく、俺たちはすぐにゴンドラに乗り込んだ。

Cの字型の座席になんとなく向かい合わせに座って、互いにしばらく窓の外を見る。

ゴンドラはぐんぐん上昇して、眼下に臨海地区のパノラマが広がっていく。けれども、俺の頭は、いかにしてここからキスへ持ち込むかでいっぱいだった。

密室にいるから、近づかなくてもゴンドラ内が月愛の香りで満たされる。

ああ、キスしたい……キス……キス……！

キスキスキスキスキスキスキスキスキスキスキスキスキスキスキスしたい！

下心で脳みそが破裂しそうになっていた、そんなときだった。

「…………」

窓を見ていた月愛が、ふと俺を見つめて微笑《ほほえ》んだ。

春の木漏れ日のようにやわらかい、幸せそうな微笑みだった。

「……あたしね、今、生まれて初めて恋してるって気がする」

急にどうしたんだろうと思っていると、月愛は続けて口を開く。

「ドキドキするような恋って、少女漫画の中だけのものだと思ってたけど……あたしの人

生にも、ちゃんとあったみたい」

　頰を染めて伏し目がちに語って、月愛は俺を見る。

「リュートの新しい面を見るたびに、胸がドキッとして、『あっ、また好きになった』って思うの。それをニコルに言うと『順番逆じゃね？』って笑われるんだけど」

　胸がジーンと熱くなって、俺は黙って月愛の言葉に耳を傾けていた。

「普通の女の子は、ある日、なぜか一人の男の子に目が留まって。その人を見ているうちに、いいな、好きだなって思って、話すとドキドキして……付き合いたいと思うようになるんだって」

　ああ、俺が月愛を好きになったときもそうだった。

　圧倒的に、恋だった。

「漫画の中だけじゃなくて、みんなそうやって恋してるんだって。……そのスタートラインに、あたしもようやく立てた気がする」

　急に出てきたスタートライン、という言葉が、胸にグサッと刺さる。

「最初は、リュートが元カレたちと違うから、チョーシが狂ってドキドキしてるのかもと思ったけど……リュートと一夏過ごしてみて、カクシンしたんだ。これは絶対に恋だって」

エッチまで何合目……の答えは、「スタートライン」か。いや、恋愛の頂上がエッチとは限らないし……案外五合目くらいにあるかもしれない。

いや、もしかしたら三合目かも。ここはポジティブに考えよう。

……うん。

考えてみたら、付き合い始めたとき、彼女は俺の名前も知らなかったんだ。

それが今や、彼女も俺に恋してくれているという。それがたとえスタートラインでも、これから順調に進んでいけば、いずれ遠からぬうちに「その日」は来るはずだ。

最初が最初だっただけに、もはや俺から彼女を誘う権利がないのが、こうなると辛《つら》いところではある……。

でも。

——あたしね、今、生まれて初めて恋してるって気がする。

元カレたちは、月愛の心までは奪うことができなかった。そう考えると、胸の奥からふつふつと喜びが湧き立ってくる。

「……そっか」

複雑な思いはあったけれども、彼女の言葉は素直に嬉しい。

月愛を見つめて微笑むと、彼女もそっと微笑み返してくれた。

その笑顔の可愛《かわい》いらしさに、幸せを感じてときめく。

「……月愛って、少女漫画とか読むんだね」

先ほどの彼女の発言で、意外に思ったことを話題にした。なんとなく、月愛が本の類を読むイメージがなかったからだ。

「あーうん。うちのおかーさんがけっこー少女漫画持ってて、一緒に住んでた頃に読んでたんだ。おかーさんが若い頃の漫画だから、昔のなんだけど」

月愛は嬉《うれ》しそうに話す。

「その中の、あたしが一番好きな漫画でね、主人公の女の子とその彼氏が、観覧車の中でマーブルチョコを食べながらキスするの」

「へ、へぇ……」

さっきちょうどキスのことを考えていたので、ドキッとした。

「で、『マーブルチョコの味』って笑うの。読んだの小学生の頃だから、大人だぁ～と思ってドキドキしちゃった」

「……こ、ここは飲食禁止だってね」

急に意識してしまって、会話がぎこちなくなった。

「うん。それにチョコ持ってないし」

そう言ってから、月愛が上目遣いに俺を見る。

「でも……していい？」

……！

何を？　なんてことは、さすがに訊《き》かなくてもわかる。

「……う、うん。いいよ」

俺が断るはずがない。

あんなにキスしたかったくせに、いざとなると緊張してしまう。もう三度目なのに……と情けなく思っていると、月愛がススと近くに寄ってきた。

「……っ!?」

密室での突然の急接近と、傾くゴンドラに、心臓が爆音を立てる。前後のゴンドラに人目がないか気になって、目が泳いでしまった。

そんな挙動不審な俺の隣で、月愛がこちらを向く。いい匂いのする髪の毛が、ふわっと俺の肩に当たった。

近くで見ても、月愛は本当に可愛い。肌も唇もツヤツヤで、宝石みたいな美少女だ。

その魅惑的な瞳が、俺を見つめたまま、意味ありげに閉じられて……。

俺は静かに顔を寄せ……その唇に、自分のそれを重ねた。

やわらかな、月愛のぬくもりだ。

このままずっとこうしていたい……もっと深く、月愛を感じたい。そんな衝動に駆られて、胸が疼《うず》く。

「…………」

ダメだダメだ。俺は彼女を待つって決めたんだから。

名残惜しさを感じながら顔を離すと、月愛がいたずらっ子の瞳で俺を見つめる。

「……なに味だった？」

「えっ⁉」

急にそんなことを訊かれて、うろたえる。

「……も、桃の香りがしたような？」

「せいかーい！」

嬉しそうに、月愛はニッと笑った。

「新しいティント買ったの。ピーチティーの香りでちょーお気に！　発色もまさにMLBBで～！」

「え、えむえる……？」

「ナチュラルってこと！　リュートの唇にもついてないし、ちょー優秀！」

俺の口元を見て、月愛は満足げだ。

そして、俺の肩にコテッと頭をもたれる。

「……うん。やっぱりあたし、リュートのことが好き」

ゆっくり、自分の気持ちを確かめるように、月愛がつぶやく。

「もっともっと、好きになれる気がする……」

穏やかな微笑を浮かべた月愛が、そこで何か思いついたように顔を上げた。

「ねぇねぇ、リュート」

「ん、うん？」

「頭撫《な》でてくれる……？」

ウキウキしたまなざしを向けられ、俺は再びドキドキする。

「ど、どうして……？」

「思い出したの。さっき、サバゲーで、リュートに『頑張ったね』って頭撫でてもらいたかったんだー」

「……あぁ……」

セーフティエリアに帰ってきたときの月愛との会話を思い出した。

——……どうかした？

――ううん、なんでもない。

あのときのことか。

「みんないたし、さすがにジチョーしたんだけど……」

いい？ と囁《ささや》かれて、俺は頷《うなず》く。

「う、うん」

「やったぁ！」

月愛は嬉しそうに笑った。

「はい、ナデナデして～」

差し出された頭を、ぎこちなく二、三往復撫でてみる。

「……こ、こう？」

「ありがと、リュート」

顔を上げた月愛が、太陽のように笑う。

「大好きぃ～！」

俺たちが乗るゴンドラは、いつの間にか降り口に近づいていた。

◇

観覧車を降りた俺たちは、またも月愛のリクエストで、ヴィーナスフォートへ向かうことにした。その途中、通り道になっていた建物の中で、俺はふと足を止めた。

「すげー！　車がいっぱいある」

吹き抜けのイベントスペースのような大空間に、ピカピカの車がずらっと並んでいる。俺たちがいるのは二階だが、一階にはもっと多くの車が展示されている。行きも通ったはずだけど、観覧車の（中でのキスの）ことで頭がいっぱいで、見えていなかったようだ。

「あーMEGAWEBだね！　車のショールーム？　的なやつだよ」

「へぇ……」

「車、好きなの？」

月愛に尋ねられて、俺はおずおずと頷く。

「ああ……うん、わりと。小さい頃はミニカーとかいっぱい集めてたよ」

「そーなんだー」

目をぱちくりさせた月愛が、パッと顔を輝かせる。

「じゃあ、リュートが免許取ったら、助手席に乗せてくれる？」

「それは、うん、もちろん」

受験が終わってからになってしまうと思うけど……と付け加えるが、月愛はまるで来週乗せてもらえるかのように喜ぶ。

「わーい、楽しみ！　一緒にスキーとかキャンプとか行こーね！」

その無邪気さに、思わず笑みがこぼれる。

「うち車ないから、レンタカーになるけどね」

「全然いーよ！　リュートはどんな車が好きー？」

「うーん、やっぱスポーツカーかなぁ。ああいうの」

俺は、向こうに展示されている真っ赤なスープラを指差す。置いてあるのは見渡す限りトヨタ車だし、ここはトヨタの施設なんだろう。そういえば、モーターショーとかのニュースで見たことがある気がするな。

「あーかっこいいね！　じゃあ、あれ借りようよ」

「んーでも、スキーやキャンプに行くなら、ミニバンとかのがいいと思うよ」

「どして？　スポーツカーじゃダメなの？」

「物があんまり積めないし……ちょっと乗りづらいかも」

「なにがどう違うの？」

月愛は車には疎《うと》いようで、終始きょとんとした顔をしている。そんな彼女に、俺はここぞとばかりに説明した。

「スポーツカーはスタイリッシュで高速走行に向いてるんだけど、車としての使い勝手でいうと、車内の快適さや容量を重視したファミリー向け、タウン仕様の車の方が優れているんだ。代表的なのはミニバンだね。でも、ミニバンみたいに車内の空間を広く取れば取るほど、車は速く走りにくい形になるんだ。人が快適に過ごすためには、車内を部屋っぽく、箱型に近づける必要があるんだけど、そうすると広い面に向かい風がもろに当たって、風の抵抗が強くなるだろ？　だから、速く走るためには、車内での快適さは捨てないといけない。流線型のボディラインで向かい風を素早く逃がして、極限までコンシャスな車体にするのが、一番速く走れる車なんだ。そうなると車高が低くなって乗り降りしづらいし、後部座席もなくなって、物もたくさん積めないから、使い勝手が悪くなるんだよね。最近は不景気だからみんな頻繁に買い替えたり何台も車を持ったりできないし、介護や子育てにも向いてる、実用性のあるボックス型が人気あるって聞くけど、俺はやっぱり、車といえばスポーツカーって気がするんだよな」

そこで、はっとした。月愛が唖然《あぜん》とした顔をしているのに気づいたからだ。

「あっ……ご、ごめん！」

またまたやってしまった。興味があることだからって、思いきり長尺で語ってしまった。今度こそ引かれたかも⁉　この表情は……と焦《あせ》りまくっていると、月愛は少し微笑《ほほえ》んで首を振る。

「ううん、だいじょぶ。……リュートはすごいなぁ……」

そう言うと、俺から目を逸《そ》らし、正面を向いて俯《うつむ》いた。

「……スポーツカーだったのかも、あたし」

遠くを見つめて目を細めて、月愛はぽつりとつぶやく。

「頭からっぽにして、とにかく早く駆け抜けたかった。子ども時代を。駆け抜けて、早く大人になりたかった」

そう言うと、月愛は自嘲気味に微笑む。

「大人の真似《まね》して経験だけ積んでも、心は子どものままなのにね」

それはきっと、今までの恋愛経験のことを言っているんだと思うと、胸がぎゅっと締めつけられた。

「リュートはさ、一つの物事について、すごいいろいろ考えてるよね。タピオカのときもすごかったじゃん」

「え、いや……」

「あたしなんて、いつ飲んでも『タピオカおいしー！』しか考えてなかったもん」

月愛が言って、そっと微笑する。

「考えるの、苦手なんだ。考えるのって、悩むのと似てるじゃん？　一人で考えてると、どんどん元気がなくなってっちゃう気がするんだよね」

「……それなら、無理して考える必要はないと思うよ。俺は、考えるなって言われても、考えちゃう人間だから。いいことも悪いことも、いろいろ」

「でもさ、あたしだって、そろそろ考えないといけないじゃん？　将来のこと」

と、月愛は口を尖《とが》らせる。

「最近、もっと先の将来のことばっか考えちゃうんだよね。子どもは三人欲しいなーとか。でも、あたしみたいに双子だったら育てるの大変そーとか。考えるっていうか、妄想？」

「こっ……」

子ども!?

思わず顔が熱くなって、心臓がバクバクする。

まだやることもやってないのでピンとこないが、子作り行為については毎日考えているので動揺した。

ああ、でも、こんなことを言うってことは……やはり「その日」はそう遠くないかもしれない。そう思うと胸が弾んだ。

「リュートに似た男の子を育ててみたいなぁとか、女の子だったら、やっぱあたしに似て欲しいなぁとか」

「……俺に似た女の子は可愛《かわい》くないと？」

嬉《うれ》しそうに語る月愛に、俺は冗談めかしてツッコむ。

「そーじゃなくてぇ。リュートが女の子になった姿、想像できないんだもん」

笑いながら答えた月愛は、そこで急に元気をなくした。

「そうじゃなくて……」

何か気に障《さわ》ることを言っただろうかと内心慌てていると、月愛は俯いてつぶやいた。

「……そろそろ、あたしの……自分だけの将来についても、考えないといけないんだよね」

しっとりした声色で言って、顔を上げる。

「高校を卒業したら、もう子どもじゃなくなるんだから」

遠くを見つめる月愛の視線の先には、車の前ではしゃぐ幼児たちの姿があった。

——スポーツカーだったのかも、あたし。

──頭からっぽにして、とにかく早く駆け抜けたかった。子ども時代を。駆け抜けて、早く大人になりたかった。

月愛が、自身のことをそんなふうに思っていたなんて。

たとえ、それが真実だとしても。

そうだとしても、俺は……。

「……スポーツカーはさ、目的地に早く着くために速く走る車じゃないんだ。『走ること』そのものを楽しむ車なんだよ」

「えっ？」

俺の言葉に、月愛は驚いたように俺を見つめる。

「俺が遠くから見てた月愛は、いつも友達に囲まれて、彼氏がいて……青春を全力で謳歌《おうか》してるように見えた。うらやましかったよ」

どんなに手を伸ばしても届かない、太陽のように。俺にとって、まぶしすぎる存在だった。

かつての憧れを込めて語る俺を、月愛はじっと見つめて唇を震わせる。

「リュート……」

「俺、スポーツカー好きだよ。『走ることを楽しむために生まれた車』って、純粋でかっこいいじゃん」

「え、ちょっと待って」

そこで月愛がストップをかけた。

「なんか、頭がこんがらがってきちゃった。今のって、あたしが褒められてるの？」

そう訊《き》かれて、俺は頷《うなず》く。

「だって、月愛はスポーツカーなんだろ？」

「うん……？　それって『考えるな、感じろ』って感じ？」

ざっくりしたまとめに、俺は笑った。

「人間で言ったら、そんな感じなのかもね」

先のことを考えて打算的に振る舞ったり、失敗しないよう緻密に計画を立てて行動に移したりするのは、きっと月愛の生き方じゃないんだ。

目の前に困っている人がいたら手を差し伸べて、楽しいことがあったら友達を集めて共に笑う。そんなシンプルだけど、ある種の人間にとっては難しいようなことを、自然体でできるのが月愛なんだ。

過去の恋愛経験も、きっと、そうやって生きてきた結果、積み重ねられたものなんだ。

だったら、俺はその経験ごと、月愛を受け入れようと思う。

彼女のことが好きだから。

それが白河月愛《しらかわ》という人間なんだから。

そんなふうに、思った。

◇

ＭＥＧＡ ＷＥＢを通り抜けた俺たちは、そのままヴィーナスフォートに入った。

ヴィーナスフォートは、観覧車の近くにある大規模商業施設だ。一階から三階までの館内に、服飾店や雑貨店、レストラン、アウトレットなどのテナントが入っている。オタク系のイベントもちょこちょこやっているので、俺にもなんとなく馴染《なじ》みがあった。

「あー、久しぶりだぁー！」

二階のメインゲートを入ると、月愛が吹き抜けの天井を見上げて両手を上げた。

「ここ、好きなんだよね。お台場ってちょっとだけ遠いから、最近来てなかったけど」

ヴィーナスフォートの二階は、ヨーロッパの街並みをモチーフにしたと思われる造りで、テーマパークのような雰囲気になっている。

「リュート、来たことある？」

「うん。昔、家族で買い物に。アウトレットの方かな」

「そっかぁ」

「………」

ふと、同じことを月愛に尋ね返そうとして、固まってしまった。

『久しぶりって言ったけど、前来たのはいつ？』

それに対して、彼女はなんと答えるだろう？

——初めてじゃないの、あたし。ここのお祭りじゃないけど、こうして浴衣《ゆかた》で男の人と歩くのも……一緒に花火を見るのも。

夏祭りのときの、月愛の言葉を思い出す。

もしかして、この場所も？　前回は……前の彼氏と来てたりしたんだろうか？

だとしたら観覧車は？　やはり歴代彼氏と乗ってきたんだろうか。そして同じようにキスをして……。

そんなことが頭をよぎってしまって、自分が少しいやになる。

月愛の過去を受け入れて、整理がついているつもりだったけど……ついさっきだって、その思いを新たにしたばかりなのに。

完全に割り切るためには、もう少し時間がかかりそうだ。

でも、もう少し。こんなことで心を乱されるのも、きっともう少しの間だけだ。

そう思えるようになったのは、大きな進歩だ。

「……リュート？　どうかした？」

月愛に声をかけられて、はっとする。

「なんでもない。どこか見たいお店あるの？」

「ううん、ブラブラしたいだけ！　歩いてるだけで楽しいじゃん！」

月愛は上を見上げた。

吹き抜けの天井には、一面に空の絵が描いてある。ひつじ雲が漂う、気持ちのいい青空だ。ヨーロッパ調の街並みと相まって、異国の通りを歩いているような気分になる。

「ここ、外国みたいで好きなんだー。ねぇ、リュートは外国行ったことある？」

「……あー、昔、家族で一度だけグアム旅行に行こうってなって」

「え～いいなー！」

「空港まで行ったんだけど、父親のパスポートの有効期限が切れてて、行けなかった」

「えー!?　ヤバくない!?」

「修羅場だったよ。両親は空港で大ゲンカになるし、姉は泣き出すし」

月愛に家族の話をするのが恥ずかしくて、少しかっこつけた呼び方をしてしまう。

「あー確かに……みんなかわいそう……」

「結局、都内のプールに行って夏休みが終わった」

あまり面白いオチじゃないけど、月愛はアハハと笑ってくれた。

「じゃあ、リュートも日本から出たことないんだ」

そう言った顔は、ちょっと嬉しそうだ。

「あたし、おとーさんに『海外旅行したい』って言ったら、『新婚旅行に取っとけ』って言われちゃって。お金かかってめんどくさいだけのくせして、良く言うよねー」

新婚旅行、というフレーズにドキッとしていると、月愛が俺の方に顔を寄せてくる。

「……一緒に行きたいね、いつか」

あたたかい声色が耳に心地よくて、心がくすぐったい。

「……うん」

心からそう願って、頷いた。

「ねぇ、リュートはどこ行きたい？」

「うーん……行ったことないし、どこでも。……る、月愛は？」

「あたしはねー、ヨーロッパがいいな！　イタリアとかフランスとか？　ローマもいいなー！」

「ローマはイタリアだよ」

「マジ？　じゃあ多数決でイタリアだー！」

よくわからない理由で、新婚旅行の行き先が決定してしまった。

イタリアといえば。

「ヴィーナスフォートって、イタリアの街並みを再現してるんだっけ？」

「えっ、そうなの？」

「わかんないけど……『真実の口』のレプリカとかあった気がするから、そうかなって」

昔家族で来たとき、母からそんなことを聞いた気がする。

「シンジツノクチ？」

「『ローマの休日』っていう古い映画に出てきた、顔の形の丸い彫刻……」

「あ～、最近CMで見た！　あれがあるの⁉」

月愛は目を輝かせる。

「見てみたい！　シンジツノクチ、行こーよ！」

そうして俺たちは館内案内図を見て、真実の口のレプリカへ向かった。

それは、メインゲートのすぐ近くにあった。誰も気に留めていないから、入ってきたとき
スルーしてしまっていた。こんなに本物そっくりなのに（本物を生で見たわけじゃない

けど)、なんかもったいない。

「わーCMと同じだ!」

「確か、嘘《うそ》つきがこの口に手を入れると、手を食いちぎられるんだよ」

はしゃいでいる月愛に説明すると、彼女は微笑《ほほえ》む。

「じゃあ、リュートは安心だね」

「えっ?」

「リュートは『ザ・ラストマン』だから」

月愛が言っているのは、前に一緒に勉強した英文法の文のことだろう。

He is the last man to tell a lie.(彼は誠実な人間だ)

それを俺のことだと思ってくれているのは、嬉《うれ》しいけど、くすぐったい。

「な、なんか洋画のタイトルみたいだね。『ザ・ラストマン』」

「あはは、ニコルにも同じこと言われたー」

やいやい言いながら、せっかくなので手を入れてみることにする。

「『これは、シンジツノクチに白河月愛への永遠の愛を誓った、一人の男の物語である……』」

俺が手を入れているときに月愛がそんなナレーションを入れるので、思わず噴き出した。

「なんだそれ」

「えへへ、いい始まりでしょ？」

「『ザ・ラストマン』の？」

「そそ。主演はディカプリオがいいなー！　この前テレビで『タイタニック』観《み》て、めっちゃ泣いたぁー」

「って、さすがに今のディカプリオに高校生役はムリだろ」

「やっぱー？　あんま映画観ないから、若いハリウッド俳優ググんなきゃー！」

「わざわざいいって」

バカバカしいことばかり言っていても、月愛と一緒にいる時間は本当に楽しい。

こんなふうに、ずっと一緒にいられたら。

彼女と会うたび、そう願わずにいられない。

真実の口を立ち去ってから、さらに館内をぶらついたり、噴水で写真を撮ったり、広場のオープンカフェでレインボーケーキなるものを半分こしたりした俺と月愛は、そろそろメインゲートに戻ろうとしていた。

「あー楽しー！　イタリア旅行の予習できたね」

手を繋《つな》いで歩く隣の月愛は、満足げな様子だ。

「……リュートのママとお姉さんは、かわいそうだったけど」

ふと、そんなことを言い出す。

「リュートパパのうっかりのおかげで、また一緒にできるね。『初めて』のこと」

海外旅行のことか。

「そ、そうだね……」

本当に新婚旅行になるのだろうか。何年後だろう？

今はまだ想像もつかないけど、考えるとちょっと恥ずかしくて、幸せな気持ちになる。

「サバゲーも誘ってくれてありがと。楽しかった！　リュートのかっこいいとこ見れたし」

「月愛もかっこよかったよ。山名《やまな》さんと撃ち合って勝ったとこ」

「えへへ。まさかニコルがあんなに強いなんてねー！」

「ライフルにしたら無双だったね」

「あたしも今度はライフルにしよーかな！」

月愛がそんなことを言うので、「あれ？」と思う。

「またやりたい？　サバゲー」

そんなに楽しんでくれていたのかと思うと、誘った側としては嬉しい。

月愛は元気に頷《うなず》いた。

「うん！　みんなも、またやってくれるかなー？」

「イッチーとニッシーは、やると思うよ」

「アカリもハマってたし、じゃあ今日のメンバーは集まるね！　今度はもっと人数集めて、チーム戦でニコルを追い詰めないとな～……」

そこでふと、月愛が口をつぐんだ。その顔を見ると、感極まったような表情になっている。

「……どうしたの？」

驚いて顔をのぞき込むと、月愛は左右に首を振る。

「ううん。なんか嬉しくて」

その目は赤い。声がじんわりと揺れている。

「リュートと付き合って、二ヶ月経《た》って……もうすぐ三ヶ月になろうとしてるのに、これから先の話がいっぱいできて、一緒に『初めて』を経験できて、いろんな計画立てられるのが……なんかヤバい。幸せすぎて泣きそう」

そう言っている間に、彼女の瞳に煌《きら》めくものが滲み出してくる。

「月愛……」

これくらいのことで、涙なんて。

でも、彼女のこれまでの恋愛を考えると。「大げさだなぁ」なんて言葉はかけられなくて。

「……三ヶ月記念日、どうしようか？　平日なんだよね。何かしたいことある？」

明るい声で尋ねてみると、月愛は「ん〜……」と鈍い反応だ。

今まであんなに記念日にこだわっていたのに、どうしたのだろう……もしや、サプライズを期待していたのに、俺が事前に相談したことを怒っているのか？　と焦《あせ》っていると。

「もう、記念日はいいや」

きっぱりした口調で、月愛が言った。

「えっ……」

月愛の顔つきは怒っていない。それどころか、晴れ晴れとしている。

「リュートが一緒にいてくれれば、もう、それでいい」

はにかんだように笑って、月愛は俺の肩にちょんと顔をくっつける。

「リュートと一緒にいられる毎日が、あたしにとっては大事で、特別な記念日なんだ、って気づいたんだ」

「月愛……」

胸が熱くなる俺を、月愛が見上げて、ニッと笑う。

「だから、記念日は卒業っ！」

吹き抜けの天井に、明るい声が響いた。

弾《はじ》けるような笑顔がまぶしい。

ああ、好きだ、と思った。

好きだ。

白河月愛が大好きだ。好きで好きで仕方ない。

この世界一素敵な女の子を、俺は絶対に傷つけない。心の底から幸せにしてあげたい。

この笑顔が、いつまでも枯れないように。

「……あ、でも」

そこで月愛が、何か気がついたような声を上げる。

「半年記念はお祝いしようね！　一周年も！」

「全然卒業じゃないじゃん」

ツッコみながら笑う俺に、月愛が「えへへ」と小さい子のように舌を見せる。

館内を照らす人工の空は、いつの間にか茜色《あかねいろ》に染まっていた。現実世界はまだ夕方前だけど、一足早くヴィーナスフォートには夜が訪れるようだ。

二人で手を繋いで歩くメインストリートも、心なしか、先ほどまでより物寂しい雰囲気が漂っている気がする。

「知ってる？　ヴィーナスフォートって、もうすぐなくなっちゃうんだって」

月愛の言葉に、俺は驚いて隣を見る。

「えっ、マジ？」

冗談ではないらしく、月愛は真面目な面持ちで頷いた。

「うん。観覧車も、ＭＥＧＡＷＥＢも。この辺り全部」

「どうして？」

「ん～、サイカイハツ？　かな。よく覚えてないけど、聞いたときめっちゃショックだったなぁ」

「そうだね……」

まだまだ全然使えそうなのに。なんだかもったいない……。

「こんな素敵で、夢があって、すごい場所は、十年後も二十年後も、当たり前にあるんだと思ってた。でも、違うんだね」

どこか感傷的な声色で、月愛がつぶやく。

「ここにいるあたしたちだって、百年後にはきっと、みんな消えちゃってるんだもんね。あのカップルも、あの家族連れも、たぶん」

月愛の視線の先にいる人々が、なんだか急に、陽炎《かげろう》のように儚《はかな》い輪郭を持ってぼやけていくような錯覚を覚えた。

「みんな消えちゃうんだ。いつか、きっと、全部」

それはけっして投げやりな口調ではなく、むしろ愛《いと》おしそうに、月愛はつぶやいた。

「それなのに、あたしが悩んだり、苦しい思いをしたりして生きる意味って、あるのかな？」

「…………」

不意に見つめられ、咄嗟《とっさ》に言葉が出なかった。

白河月愛という女の子が、もし底抜けに明るいだけの陽キャ美少女だったら。俺はもしかしたら、こんなに彼女に惹《ひ》かれることはなかったかもしれない。

俺とは全然違う。でも、月愛といると、いつも感情を揺さぶられる。今まで感じたことのなかった気持ちにさせられる。

何も言わない俺から視線を外し、月愛は前を見つめて口を開いた。

「だからあたしは、やっぱりスポーツカーでいいや」

その瞳には、凜《りん》とした光が灯《とも》っていた。月愛という存在が放つ、命の輝きのようだと思った。

「今を生きる。生きるために、あたしは生きる。今までそうしてきたみたいに」

歌うように軽やかに言って、月愛は俺を見つめた。

「そんなあたしでも、リュートは愛してくれる？」

なんて綺麗《きれい》な子なんだろうと思う。顔だけじゃなくて。

すべてが美しくて、愛おしい。

「も、もちろん！」

気圧《けお》されながら、俺は必死に頷いた。月愛に置いていかれないよう、ついていこうと精一杯だった。

「俺は一生……月愛だけが、好きだよ」

それは、照れ臭いけど本心からのセリフだ。

真実の口に誓った手で、繋いだ月愛の手に、不器用ながらぎゅっと力を込めた。

# 第二・五章　ルナとニコルの長電話

「おっつ〜、ルナ」

「ニコルもバイトおつ〜！」

「サバゲー、めっちゃ楽しかったねー！」

「ね〜！　ニコルの才能エグすぎ！」

「またやりたいって言っといてよ」

「あーもうリュートに言った！　でもマジウケる、今日やったばっかじゃん」

「それな〜！　でも、バリ爽快だったわ。ストレス全部ぶっ飛んだ」

「……てかニコル、よかったの？」

「ん、なにが？」

「センパイのこと、みんなに言っちゃって」

「あぁー別に。隠すつもりもないし。ルナやアカリと違って、あたしがフリーでも、告ってくる男はマレですから」

「ニコル、容赦なくフリそうだもんね」

「んなことないのにねー。男ってホントわかってないわ。アカリとかのが絶対無慈悲だよ」

「アハハ」

「あたしなんか、ただの傷心ピュアガールなのに」

「……でも、ほんとすごいよね、ニコル。もう三年？　三年半？　も、別れた彼氏のこと想《おも》えるなんて」

「異常だよね。でもセンパイのこと、ほんと好きだったからさ……」

「ニコル……」

「……あ、『異常な愛情』って韻じゃね？　韻でいいんじゃね？」

「もー、シリアスな気分だったのに笑かすのやめてー、ニコル先生～」

笑いながら、月愛はベッドから立ち上がって机の上に手を伸ばす。手に取ったのは、プリクラが何枚も貼られたペンスタンドの缶だった。

その中の一枚……中二の頃の日付が書かれた笑琉《にこる》と彼氏のプリクラを見て、月愛はせつなげに目を細めて微笑《ほほえ》んだ。

# 第三章

時々、月愛《るな》が歳《とし》よりずっと大人の「女の人」に見えることがある。それは、彼女が自分で言うように「早く大人になりたい」と思って生きてきたからかもしれないし、積んできた経験のせいなのかもしれない。

普段は無邪気な彼女が、時おり見せる大人な表情に、俺はいつも驚いて、そのたびに強く惹かれる。

早く月愛に追いつきたい。

月愛の彼氏として、彼女にふさわしい男になりたい。

でも、精神年齢なんて、そんなに急に上がるわけがない。努力のしようもない。

となれば、俺にできることといえば、なんとかして、どういうアプローチでもいいから、自分のスペックを上げることだ。

――子どもは三人欲しいなーとか。

月愛の言葉を思い出して、ニヤけながらも焦りが芽生える。

このご時世に、子ども三人って。月愛の進路はよくわからないし、やはり俺がそれなりに名の知れた大学に受かって、それなりに名の知れた企業に勤めて、手堅い給料を確保しなければ難しいのではないだろうか？

考えすぎる俺は、妄想とともに現実的なことも、いろいろ考えてしまう。

そして手に取ったのは、夏期講習のときにもらった予備校の入塾パンフレットだった。

◇

「ねぇねぇ、リュート！」

ある日の放課後、教室からイッチーと出ようとしていたら、月愛が俺のもとへやってきた。

「今度の土曜日、うちでアカリとクロッフル作るんだけど、食べに来ない？」

「ク？　クロッ……？」

「クロワッサンのワッフルー！　韓国で流行《はや》りのスイーツなんだって。うち、前におばあちゃんが買ったワッフルメーカーがあるって言ったら、アカリが作らせてって。材料持ってきてくれるってゆーから」

「へぇ……」

クロッフルはなんだかよくわからないけど、月愛の手作りならぜひとも食べてみたい
……と思って、はっとした。

「あ……ごめん。土曜日は予備校があって」

すると、月愛も「あっ！」という顔になる。

「そっか。今週からだっけ？」

「そう。今日、手続き書類出してくるから」

「そっか……。じゃあ日曜……は、ニコルと買い物行くんだった」

「うん、無理しなくていいよ」

「でも……あんまり会えなくなるね」

月愛がしょぼんとしてつぶやく。

「だ、大丈夫だよ、学校では毎日会えるから」

休日に会えないのは残念だが、月愛の交友関係の邪魔はしたくない。

「うん……」

月愛は肩を落としつつも、俺に向かって微笑を浮かべる。

「わかった。予備校、頑張ってね」

「うん。ありがとう」

「今度から、日曜なるべく空けとくね」

「うん……でも山名《やまな》さんとも遊びたいだろうし、無理はしないでね」

山名さんはよく土曜日に昼からバイトを入れるから日曜に遊ぶことが多いのだと、以前、月愛から聞いていた。

「ありがと。なるべくだから。ニコルも日曜にバイトなこともあるし」

月愛はそう言ってから、俺の隣で石像のようにじっとしていたイッチーに目をやる。

「伊地知《いじち》くんも、待たせてごめんね。じゃあね、リュート！」

「うん、じゃあまた明日」

俺は軽く手を振り、イッチーは挙動不審に一度頭を下げて、石化を解いた。

「ハァ……お前はいいよなぁ」

二人で教室をあとにしながら、イッチーがつぶやいた。

「谷北《たにきた》さんが作るスイーツか……食べてみてぇなぁ……」

イッチーは、あれから谷北さんの名前をよく口にする。たぶん好きになってしまったのだろう。本人は「そ、そんなんじゃねーよ！」と否定するけど。

童貞とは難儀な生き物だ。俺もだけど……。

いや、でも、俺はこれから月愛にふさわしい男になって、童貞を卒業する。予備校は、そのための第一歩だ。

二人で会う時間が減るかもしれないのは少し辛《つら》いが、その分頑張って、明るい未来を引き寄せるんだ。

改めて奮起した俺は、廊下でニッシーと落ち合って三人で駅まで行ったあと、二人に別れを告げ、自宅と逆方行に向かう電車に乗った。

俺が通うことにしたK予備校は、誰でも聞いたことがある大学受験用の大手予備校だ。バリバリの進学校ではないうちの学校にも、一年の頃から通っている生徒が何人かいるらしい話は聞いていたので、夏期講習の予備校を決めるときに、なんとなく安直に選んでしまった。あまり詳しくないジャンルのものを買うときに、つい口コミが多くて評判がいいものを選択してしまうのと同じ心理だ。

到着した池袋駅の雑踏を通り抜け、西口から地上に出る。駅前を過ぎてオフィス街のような雰囲気の街並みを数分歩くと、K予備校の校舎ビルが現れた。

受付で親の署名や押印《おういん》がされた入塾書類を提出して、スタッフさんから話を聞き、俺は晴れて、正式なK予備校生になった。

「はぁ……」

一気に受験生気分になって、少し気が重くなる。これからは、毎週土曜日に英語の授業を受けることになる。難関大も視野に入れたいと言ったらハイレベルコースになってしまったので、予習も復習も大変そうだ。三年になったら、さらに科目が増えるだろうし……と重い足取りで階段へ向かう。

夏休みも利用していたから、この校舎の勝手は知っている。いきなり地下の自習室へ向かう気にはなれなくて、まずは最上階のラウンジへ行った。お茶でも飲みながら、もらったテキストに目を通そうと思ったからだ。

ラウンジの扉を開けると、壁の二面がガラス張りになった明るい室内に、少しだけ目が眩《くら》んだ。テーブルと椅子が快適な距離感で配置されたスペースは、まだあまり混んでいなくて、人見知りの俺はほっとする。

改めてラウンジを見渡して、どの辺りに座ろうか……と迷っていたとき、俺の目がある一箇所に釘付《くぎづ》けになった。

「黒瀬《くろせ》、さん……⁉」

窓際《まどぎわ》のテーブルに、黒瀬さんの横顔があった。

黒瀬さんは一人ではなかった。数人の女の子と一緒にテーブルを囲んで、お菓子をつまんで談笑している。女の子たちは、黒瀬さん以外、全員同じセーラー服を身に着けていた。

それは、学校では目にすることのない、楽しげな黒瀬さんの姿だった。

俺の視線を感じたのだろうか。黒瀬さんがこちらに顔を向けそうなモーションに入ったので、思わずその場にしゃがんで、テーブルの下に身を潜めた。

「……なんで黒瀬さんが……？」

まさか俺を追いかけて……？　と思ってから、それは自意識過剰だと打ち消す。友達とのあの打ち解けた様子は昨日今日の付き合いではなさそうだし、俺より先に入塾していたのは間違いないだろう。

「……どうしよう」

咄嗟《とっさ》に隠れてしまったけど、ここからどうする？　退散する？　それとも、ノコノコ出ていって「やあ。俺もここに通うことになったよ」と挨拶するのか？

黒瀬さんとは、あれ以来……一学期の最終日に、抱き合っている写真を撮られたことについて話し合って以来、まともに会話していない。二学期になって席が離れ、接点がなくなったのも大きい。思わず隠れてしまったのは、そのブランクゆえの気まずさもあった。

それに。

——でも……あんまり会えなくなるね。

月愛に寂しい思いをさせておきながら、黒瀬さんと予備校で顔を合わせるというのは、どこか罪悪感が拭えない。ついこの間まで俺のことが、好き……だった女の子と……彼女のいないところで会うなんて。

「…………」

こうなったら、徹底的に逃げ回って、黒瀬さんとコンタクトを取らずに済むようにするしかない。それが、月愛に対する誠意だろう。

そう結論を出し、具合が悪いフリをして、恥ずかしながら四足歩行でラウンジを出た。

その日から、黒瀬さんと鉢合わせたらゲームオーバーの、予備校でのサバイバルゲームが始まった。

俺が受講することになった英語のクラスは、すでにもう二回、授業が行われていた。その分を映像授業でフォローアップしたり、スタッフさんと目標志望校ランクについて話したりするために、最初はまめに校舎へ通うことになった。校舎にいる間や、校舎までの道のりで、俺は常に周囲を油断なく見渡して、黒瀬さんの姿を探すようにした。

一番緊張するのは、自習室にいるときだ。黒瀬さんは自習室の常連で、俺が行くときは必ずといっていいほどいる。入室して、着席する黒瀬さんの姿を確認したら、彼女が自習室へ出入りする動線を予想し、そこに当たる席にならないよう、一度退席したりして、受付でいい席番をもらえるように調整しないといけなかった。これが本当にめんどくさい。

　別館の自習室棟へ行っても、その日によっては、または同じ日の中でも時間によって、そちらの方に黒瀬さんがいるので、同じ苦労が発生する。

　苦労の甲斐《かい》があって、入塾から二週間、俺はなんとか黒瀬さんと顔を合わせることなく、予備校生活を送ることができていた。


　だが、とある土曜日。俺にとって二回目の英語の授業が終わったあと、事件は起こった。

　その日の授業では、たまたま講師に質問された問題で正解できた。それが嬉《うれ》しくて、いつもより周囲への警戒心が緩んでいた。

　校舎内では、全塾生が階段で上り下りすることになっている。階段で鉢合わせたりしたら、基本的に逃げ場はない。だから階段を使うときは、踊り場で待機して進行方向の様子を探ったりと、充分に注意する必要があった。

　けれども、その日はそれを怠り、まあ大丈夫だろうとそのまま階段を下りてしまった。

　それが間違いだった。

　見覚えのある黒髪に「あっ」と思ったときは、もう遅かった。黒瀬さんが、友達と一緒に踊り場を曲がって、こちらへ向かってきた。

瞬時に身を翻《ひるがえ》したが、もう近すぎる。黒瀬さんとの距離は一メートル五十センチ。

もう無理だ。見つかる。

そう思ったとき。

「よぉ、ヤマダじゃん！　久しぶりー！」

突然、誰かの手が首にぐいっとかけられ、顔を引き寄せられた。

「えっ……⁉」

知らない男だ。

平均身長の俺を高みから羽交い締めにできるのだから、けっこうな長身だ。イッチーくらいあるかもしれないが、イッチーと違って細身だ。

どういう勘違いか知らないけど、男に顔を隠される形になった俺は、お陰で危機をすり抜けたようだ。

男は、俺を元いたフロアの廊下へ連れていき、黒瀬さんたちはさらに上へと階段を上っていった。おそらくラウンジへ向かうのだろう。

それを確認して、おそるおそる口を開く。

「……あの、俺『ヤマダ』じゃないんですけど……」

「知ってる」

首から腕が解かれ、俺は自由になった。

「助けてやったんだよ。いつも逃げ回ってる美少女に、ついに見つかるとこだったろ?」

男はニッと口角を上げて俺を見る。

イケメンだった。

といっても、彫りの深い美形という感じではない。鼻は高いが、目は切れ長な一重で、唇が薄い。特徴的なのはもっさりした黒髪で、前髪が分厚く、目にかかりそうな長さで鬱陶しい。

いわゆる雰囲気イケメンというやつだ。まあ雰囲気がイケメンなら、モブ顔陰キャの俺にとっては羨ましい限りだ……。

「……え、今なんて?」

うっかり雰囲気イケメンに見入ってしまって、彼の言葉を理解するのが遅くなった。

「俺のこと、知ってたんですか?」

その問いに、男は頷《うなず》く。

「ここ二、三週間くらいよく見かけたから。自習室で、いつも同じ美少女から逃げてたよな。不審者すぎて目立ってたよ」

まさか、俺が黒瀬さんを避けていることが他人にバレていたとは……めちゃくちゃ恥ずかしい。

「で、なんなの、あの子？　元カノ？　ストーカー？　見つかるとヤバいやつ？」

「えっ⁉　い、いや……」

一言で説明できる関係ではないので言い淀《よど》んでいると、男は再び俺の肩に手をかける。

「まぁ、面白そうだから、ちょっと聞かせてもらおうか。朝からずっと自習室で、気分転換したかったんだよ。ラウンジ……は、あの子がいる可能性大だから、そのへんの店に行こうぜ」

「えっ……えっ⁉」

急なノリについていけない俺だが、窮地から救ってもらった手前、無下にはできない。

気がついたら足は校舎の外に向いていて、男の言いなりになっていたのだった。

「……はぁ、なるほどね。よりによって、玉砕した初恋の相手が今カノの妹だったのか」

近くのカフェの店内で、俺から話を聞いた男は、感心したようにつぶやいた。

男の名前は、関家《せきや》柊吾《しゅうご》。K予備校で高卒生コースに在籍する、いわゆる浪人生らしい。

ここに来るまでの道を歩きながら、そんなことを聞いた。

「で、どうすんの？　これから受験終わるまで逃げ続けるつもり？」

関家さんに尋ねられて、俺はうぐぐと言葉に詰まる。

一番安いから注文したアイスコーヒーは苦くてあまり好きな味ではなく、続きを飲む気になれない。関家さんが「一緒に払ってやるよ」と奢《おご》ってくれてしまったので、店を出る前には飲み切らなくては。

「それは現実的じゃないと思うんですけど、今はちょっと……」

「じゃあ、校舎変えるとか？」

「そこまですることのほどでも……」

学校では毎日同じクラスで過ごしているのだし、黒瀬さんを避けるためにわざわざ家や学校からより離れた校舎に移るのも……という気がする。

「初めに挨拶すればよかったのかもしれないんですけど、最初見かけたときに隠れちゃったから、なんとなく……」

「なんで？　今カノへの罪悪感？」

関家さんに尋ねられて、俺は考えた。

「……不安にさせたくないんですよね、もう」

夏の出来事を思い出して、素直な思いをつぶやいた。

「彼女のことが大事だから、黒瀬さん……彼女の妹とは、もう個人的なかかわりは持たないようにしようと思ってたのに、同じ予備校になっちゃって。これから受験勉強で彼女と会う時間が減ってく中で、予備校に黒瀬さんがいるってわかったら、彼女を不安にさせる気がして」

そう。黒瀬さんがいるなんて、思いもせずに入塾したのに……。

「考えたんです。もし俺が逆の立場だったら……もし、彼女が予備校に通ってて、そこに彼女の元カレがいたら……。俺がそのことを知ってしまったら……。全然気にならないってことは、ないと思うから」

「……なぁるほどね」

腕組みして聞いていた関家さんは、顔を上げてそう言った。

「じゃあ、当面逃げるしかねぇな。俺も協力するよ」

「え……」

それはありがたいと思ったが、さらりと言われたのでお礼の言葉が追いつかない。

「俺、池袋校に毎日いるから。あの子見かけたら、どこにいるかLINEで教えるわ。ID教えて」

「あ、はい……」

言われるがまま、初めて会った人となんとなく連絡先を交換してしまった。こんなことは初めてだ。

「えー、なんだ。アイコン写真、彼女じゃねーのか」

俺のアカウントを確認して、関家さんが残念そうな声を上げる。

「似てないって言うけど、あの子の姉なら、めっちゃ可愛《かわい》いんだろ？　写真ないの？」

女好きそうな関家さんの好奇心に満ちた瞳を見て、思わず俺は頷いてしまう。

「ない。ないです」

「うそつけよー、むっつりスケベ」

とは言うものの、写真に関してそれ以上深追いされることはなかった。

「じゃあ、俺、自習室行くわ。そっちは？」

「えっ……あ、俺も行きます」

慌ててほぼ満タンのアイスコーヒーを飲もうとすると、関家さんが向かいからグラスに手を伸ばしてくる。

「飲まないならちょうだい。俺、カフェイン妖怪だから」

「え、え？　あ、はい……」

ささっているストローを避けて、関家さんはグラスから直接アイスコーヒーを、ゴクゴクとビールみたいに飲み下していく。

「一日中自習室にいると、コーヒーいくら飲んでも眠くなるんだよ。この半年で飲み過ぎて、効かなくなってるんだわ」

氷だけになったグラスを置き、関家さんはトレーを持って立ち上がった。

「今度は飲みたいやつ頼めよ。また奢ってやるから」

さらりと言われて、まだ座っていた俺は、鞄《かばん》を摑《つか》んで慌てて立ち上がる。

「あ、ありがとう、ございます」

太鼓持ちみたいにペコペコして、あとをついていくだけの自分が少し情けない。年上の関家さんが、すごくスマートで大人に見えた。

「まーでも、黒瀬さん？　のことは気になるだろうけど、予備校では勉強に集中したほうがいいよ」

自習室へ向かう道のりで、隣を歩く関家さんはそんなことを言った。

「浪人なんてしても、いいことなんかひとつもねーからな、マジで」

実際に浪人中の人から聞くと、その言葉は重みが違う。

「はぁ……頑張ります」

「いいよなぁ、高二は。まだどこだって目指せるじゃん。俺も、あのときの俺に言ってくれるやつがいれば……」

そのとき、関家さんの胸ポケットからブルブルっと音がした。関家さんはそこからスマホを取り出して画面を見て、チッと舌打ちする。

「……どうしたんですか？」

「高校の同級生。『今日の同窓会、ほんとに来ないの⁉』って、行くわけねーだろクソが」

吐き捨てるように言って、スマホをズボンのポケットにしまう。荷物は自習室にあるらしく、関家さんは手ぶらだった。

「卒業して半年で、何が同窓会だよ。どーせ自分のキラキラ大学生活を自慢したいだけのオメデタイ連中が集まってんだろ」

ヤバい。カフェではあんなにスマートな大人の男に見えたのに、この人めっちゃ腐ってる……。

浪人っておそろしい。

「あっ！」

そうして予備校の校舎まで帰ってきたときだった。関家さんが突然声を上げ、身をかがめて俺の後ろに隠れる。

「えっ？　関……」

「呼ぶなっ！　黙って立っててくれ！」

「…………」

仕方ないので、何がなんだかわからず立っている。

予備校の出入り口から何人かの予備校生が出てきて、横を通り過ぎていった。

「……ふぅ」

そこで、関家さんが俺の後ろから出てきた。

「高校の後輩。散々カッコつけてた先輩が同じ予備校で浪人って、ダサすぎるだろ？」

「はぁ……」

こうして逃げ回っている方がダサすぎるのではとは思ったが、やはり言えなかった。

……あ、もしかしたら。

自分がこんなふうに人から逃げ回る生活を送っているから、俺が黒瀬さんを避けている
ことにも気づいたのだろうか？

「いや、今みたいに外だったら物陰に隠れられるけど、建物に入るときは動線の確認って
大事よ。あ、あとチューターの人と仲良くなっとくのも必須な。佐藤さんとか親切だから、

受付行くと『A校の制服の子がラウンジに向かったよー』って教えてくれるよ」

得意げに語る関家さんを見ながら、俺は「浪人っておそろしい……」と心の中でつぶやいていた。

◇

関家さんとの出会いもあって、俺の予備校生活はまあまあ軌道に乗り始めた。

一方で、学校生活では新たなトピックが持ち上がった。


「これから、文化祭の実行委員を五名、決めたいと思いまーす」

九月最後のロング・ホームルームで、黒板の前に立ったクラス代表がそう言った。

「やりたい人、手をあげてくださーい！」

うちの学校の文化祭は、十一月初旬の祝日を含む日程で開催される。

去年もそうだったけど、この実行委員の仕事は短期間だけどわりと忙しいので、プライベートが充実している陽キャにはあまり人気がない。

「俺、部活があるしムリだよ」

「あたしも……」

帰宅部の陰キャは陰キャで、そんな目立つことはしたくないので貝になるしかない。

「……ほ、ほら、誰かやりたい人いない？　楽しいよ、きっと」

クラス担任一年目の若い女の先生が、焦《あせ》りながら声をかけるものの、教室は盛大に沈黙していた。

「………」

みんな息を潜めて机を見つめ、先生やクラス代表と目が合わないようにしている。

「こういうのってさ、最初に誰か手上げてくれないと、上げづらいよな……」

「そうそう。誰か一人でも名乗り出てくれたら助かるんだけどな……」

そんなひそひそ声が流れ出し、みんなが互いの様子を横目で観察し始めたときだった。

「……はい」

か細い声がして、白い手がおずおずと上がった。

黒瀬さんだった。その頰は恥ずかしそうに染まり、上げた手は緊張でプルプル震えている。

「ありがとう、黒瀬さん」

先生が、幾分ほっとしたような声を上げた。

「助かるよー、黒瀬さん」

クラス代表も喜んでいる。

そんな二人を見つめて、黒瀬さんも嬉《うれ》しそうにはにかむ。

黒瀬さん……。

俺が思い出したのは、予備校で友達に囲まれた彼女の姿だった。

本当は、友達が多い子なのかもしれない。でも、転校してきてすぐに、あんなこと……

月愛の悪口を広めるようなことがあって、級友たちから敬遠されることになって。

寂しいのだろうか。だから、みんなに感謝されたくて、名乗り出た……？

いや、本当にただ純粋に実行委員をやりたいだけかもしれないけど、ついそんなことを考えてしまう。

「他にいませんか？」

とクラス代表が教室内に投げかけた、そのとき。

「はい、はーい！」

その声に驚いて振り向くと、月愛が立ち上がらんばかりの勢いで手を挙げていた。

月愛、実行委員なんてやるのか……⁉

「あ、ルナちがやるなら、うちもやるー！」

驚いていると、谷北さんも手を挙げる。

なんとなく山名さんを見てみるが、彼女は興味なさそうに自分のネイルを見ている。きっとバイトがあるからムリなのだろう。

そこで、山名さんの斜め前の席にいるイッチーが目に入った。

イッチーは、ものすごい形相をしていた。煩悶《はんもん》するような、懊悩《おうのう》するような……赤くなったり青くなったり、一人で百面相をしている。

あっ、と気がついた。

谷北さんか。谷北さんが立候補したから、自分もやりたいと思いつつ、勇気が出なくて悩んでいるのか。

そのとき。

「ねぇ、リュート！　リュートもやろうよ！」

声のした方を見ると、月愛がキラキラした瞳で俺を見ていた。

それを見て、思い出した。

——あたし、海愛《まりあ》と友達になろうと思うんだ。

——えっ⁉

——正攻法《せーこーほー》で行っても、拒絶されるから。あたしたち、クラスメイトでしょ？　学校の

みんなは、あたしたちの関係を知らない。だから、あたしが『友達になろ』ってグイグイ行っても、海愛もムゲ？　にはできないと思うの。

——みんなに姉妹なのを隠したまま、ただのクラスメイトとして仲良くなろうってこと……？

——うん。それをサポートして欲しいの。

あの計画を、実行に移すつもりか。

まさかこんなに早いとは思ってなかったけど。

でも……。

——秋になって、冬が始まる頃には……海愛の傍《そば》に、またいられるようになりたい。また海愛とこたつでテレビ見ながら、パピ●を半分こして食べたいよ。

考えてみたら、もう九月も終わりだもんな。月愛にとっては、今が始動の好機だったのかもしれない。

「じゃっ、じゃあ……や、やります」

級友の視線を集めたことにテンパリながら答えると、周りから冷やかしの声が上がる。

「実行委員でイチャイチャしないでくださーい～」

とはいえ、定員が埋まってきて、みんなほっとした顔だ。

「あと一人、いませんかー？」

そう言って教室を見回すクラ代に、俺は手を上げたまま言った。

「あっ、あのっ！」

注目を集めるのが恥ずかしくて、声が盛大に裏返った。それをさらに恥じながらも、必死で喉から言葉を押し出す。

「……もっ、もう一人は……、い、伊地知くんがいいと思います……」

「えっ？」

まさか陰キャの名前が続くと思っていなかったのか、クラ代は驚いている。

「いいんですか？　伊地知くん……？」

いやがらせか何かだと思っているのか、懐疑的な目で尋ねるクラ代に、イッチーはキョドりながらも頷《うなず》いた。

「はい……！」

身体《からだ》に似合わぬ小さな声で、嬉しそうに返事した。

文化祭実行委員は、一年生と二年生の二学年から、各クラス五名ずつ募られる。一学年は五クラスあるので、その総勢五十名が、受付係や施設係などの係に振り分けられ、当日までそれぞれの係での仕事に当たることになる。

その日の放課後、早速行われた係決めで、イッチーは浮かれていた。

「ったく、お前ってやつは、一人で実行委員もできないのかぁ？　しょうがねぇなぁ〜」

俺がイッチーを推薦したことを、陰キャ仲間が欲しかったからだと思っているみたいだ。谷北さんと一緒になれるよう気を利《き》かせてやった旨《むね》を言ったところで「そ、そんなんじゃねーし！」と怒りそうなので、そういうことにしておこう。

係決め用に貸し切った放課後の化学室で、実行委員たちは適当に着席している。俺はイッチーと座っていて、その前に月愛と谷北さん、俺たちから少し離れた後方の席に、黒瀬さんが一人で座っていた。

「それでは、係を決めたいと思います。希望する係に挙手してください」

立候補で実行委員長に決まった他クラスの同級生が、係の説明のあとで言った。

「少ない方から決めていきます。まず、パンフレット係の三名。これは二年生にお願いします」

パンフレット係は、文化祭のタイムテーブルや校内案内図が載った冊子を作る係だ。印刷所の人と相談しながら進めるらしく、前年の雛型《ひながた》もほぼ再利用できるので、それほど大変ではなさそうだが、文章を書くのが得意な人や、出版に興味がある人に向いていると説明を受けた。人数も少ないし、俺の係ではないと思って気を抜いていると。

「……一人だけですか？」

委員長が後方を見て言うので振り返ると、黒瀬さんが無言で手を挙げていた。

「……！」

同じく振り返ってそれを見た月愛が、前に向き直りざま手を挙げる。

「はい、はい！」

そして、俺を振り返る。

「リュート……」

助けを求めるような瞳だった。やはり、あの計画を実行に移す気か。

「……は、はい」

なので、俺も手を挙げる。

「はい、これで三人決まりました」

委員長の声で締め切られ、俺は月愛と黒瀬さんと、三人だけのパンフレット係に決定した……ってどうすんだ、これ⁉

考えただけで冷や汗が出る。

「え〜⁉　ルナち、一緒の係やろうって言ってたやんな？」

「ご、ごめーん、急にパンフレット作りたくなっちゃって……」

抜けがけされて抗議する谷北さんに、月愛が苦笑して言い訳している。

そんな中、ふと気になって、後ろを振り返ると。

「……！」

黒瀬さんと目が合いかけた。彼女はすぐに顔を背ける。その頬は赤く、動揺している様子だ。

そりゃそうだよな……。黒瀬さん的には、こんなはずではなかっただろう。

その後、次々に係が決まって、イッチーは谷北さんと同じ装飾係になることができた。

校門前にアーチを設置したり、廊下や体育館を飾りつけたりする係だ。一年生もいて人数は多いが、一緒に作業をしていたら、少しは話す機会もあるのではないだろうか。

「それでは、係ごとに分かれて自己紹介して、本日は終了です。文化祭に向けての具体的な作業内容やスケジュールは、後日、係ごとに担当の先生から説明があります」

委員長の言葉で、みんな席を立って、ノロノロ移動を始めた。

「施設こっちー！」

「装飾はこのへんに集まってくださーい！」

呼びかけ合う仲間たちを横目に、俺と月愛は目を見交わし、無言で教室の後ろへ向かう。

たった三人だ。集まるのに声を出す必要もない。

そして、俺と月愛は、黒瀬さんの前に到着した。

「…………」

三人とも……この状況を望んで生み出したはずの月愛でさえも、気まずさを隠しきれていない。

自己紹介なんてしなくても、顔も名前も、それ以外のことも、互いのことをよく知っている三人だ。正三角形を作るような立ち位置で、俺たちは互いに様子をうかがっていた。

「……よろしくね」

最初に声を発したのは月愛だ。気まずさを漂わせながらも、口元に笑みを浮かべている。

「よろしく……」

何か言わないと収まりがつかなそうなので、俺も続けて言った。

黒瀬さんは、片手でもう片方の腕の肘を摑《つか》んで俯《うつむ》いていたが、そこで顔を上げた。俺たちをちらと見たかと思うと顔を背け、わずかに口を開く。

「……しく……」

こうして、月愛の前途多難な「友達計画」が今、幕を開けようとしていた。

◇

ややこしいことになってしまった。すでに充分ややこしかったのに、黒瀬さんとの関係性がさらに複雑化してしまった。

予備校でも、引き続き黒瀬さんを避ける日々だ。

土曜日の午前中、自習室で今日の授業までの宿題をしていたら、関家さんが俺の席に来て声をかけてきた。

「よっ、ヤマダ」

関家さんには一応俺の本名は教えてあるのだが、「あの子に聞かれて気づかれたらヤバいだろ」ということで、俺のことを「ヤマダ」と呼ぶ。一度、受付の前で関家さんに話しかけられたとき、顔見知りのスタッフさんが俺を二度見していた。

それ以外に、特に支障はない。

「昼飯まだだろ？　よかったら食おうぜ」

「……あと十分くらいで終わるんで」

「オーケー。先に出てるわ」

そう言うと、関家さんは自習室を出ていった。お互い、特定の人を避けながら予備校ライフを送っているので、彼にとってはきっと今がいいタイミングだったのだろう。

関家さんは、けっこう俺に気を遣ってくれていると思うが、本人は何も気にしていないような風情《ふぜい》を醸《かも》し出しているので、俺みたいな気にしいでも、わりと気楽に付き合える。上下関係が苦手で部活動もやっていない俺が、二つも年上のイケメンと、こんなふうにフランクに話せると思っていなかった。

教室の席取りのコツや講師への質問のタイミングなども教えてくれるし、関家さんのおかげで予備校生活が快適になっているのは間違いないので、この付き合いは大事にしたい。

「で、どうしたんだよ？」

一緒に入ったファミレス系ラーメン店で、テーブルの向かいに座った関家さんが言った。

「え？」

「さっき、自習室でため息ついてただろ。また『黒瀬さん』のことか？」

「…………」

「話してみろよ。楽になるぜ？　女がらみの相談なら、けっこう乗れる自信あるし」

一瞬迷ったが、なんかムカついたので、正直に話すのをやめた。

「……いえ。普通に英語の宿題が難しくて」

「そうなの？　教えてやろうか？　まだ高二なんだから、そんな根詰めんなよ」

「はぁ」

あなたのようになりたくないから頑張りたいんです……という本音は、かわいそうなので口に出さないでおく。

「……関家さんって、どうして浪人したんですか？」

ふと気になったので、ラーメンを待つ間に訊《き》いてみた。

関家さんは「あー」と顔を覆う。

「それ聞く？　高三で受験失敗したからだよ。決まってんだろ」

まあそうなんだろうけど、何か事情があったのか聞いてみたかったのだ。

「高校のとき、ちょっと女の子と遊びすぎてしまってな……。勉強どころではなく……」

「うわぁ……」

陽キャだ。リア充だ……と引いていると、関家さんは焦《あせ》ったように手を振る。

「いやだって、中学まで女の子と付き合ったこともなかった陰キャが、高校に入って急にモテ出したんだよ。そりゃ調子乗って遊びまくるだろ？」

「え〜……」

そんなことってあるだろうか。ずっとモテてて、ずっと遊んでたんじゃないですか？

疑いの目を向ける俺に、関家さんは自分のスマホを操作してこちらに向ける。

「ほら、これ。中三のときの俺」

そこに写っていたのは、体操ジャージに身を包んだ男子中学生だった。五分刈りに近いような短髪で、今の関家さんとは全然印象が違う。目つきの悪い田舎の中学生、という感じだ。髪型一つで、人ってこんなに変わるのか。

「な？　モテそうにないだろ？」

「っていうか、イケてない頃の自分の写真を、すぐ人に見せられるようにしてるって……」

ちょっとイタイっすね……という言葉を飲み込んだ俺に、関家さんは「違う違う」と笑う。

「これ、地区大会で優勝したときの写真。だからお気に入りに入れてんの。俺の人生の、栄光の瞬間だから」

「大会？　スポーツやってたんですか？」

俺が尋ねると、関家さんは噴き出す。

「いや卓球！　手にラケット持ってんだろーが！　どんだけ俺に興味ないんだよ」

関家さんは、口は悪いけど、目が笑っていたり、低い声も愛嬌《あいきょう》を含んでいたりして、悪態をつかれても全然イヤな感じがしない。それでこのルックスになったら、そりゃモテるだろうなと思った。

「……でも、そんなに卓球強かったなら、イメチェン前から普通にモテてたんじゃないですか？」

「部活の後輩にはね」

「ほらぁ」

それで「陰キャ」を自称されてもとジト目になる俺に、関家さんは再び笑う。

「一人だけだよ。マネージャーの女子で仲良い子がいて、卒業のときにいい感じになって付き合った。その子に『髪型変えたら？』って言われて。ちょうど部活終わってから髪も伸びてたし……」

「高校デビューですか」

「まさにな」

「で、その子とはどうなったんですか？」

関家さんは、視線を落としたきり答えない。

「まさか……」

浮気《うわき》しまくって、弄ぶだけ弄んで捨てたのでは……と非難の視線を送る俺に、関家さんは焦って口を開く。

「いや、そんなひどいフり方はしてないよ。……まぁ、でも……ひどいか、そりゃ……向こうにとっては」

関家さんはそれきり沈黙してしまった。どうやら、その子については、何か思うところがあるらしい。

そこでちょうどラーメンが運ばれてきて、その話題は終わりになった。

関家さんに相談してもしなくても、黒瀬さんのことはどうすることもできない現実だ。とりあえず、予備校で黒瀬さんに見つからないようにしながら、できる範囲で月愛の「友達計画」を応援するしかない。

十月に入り、実行委員の活動が本格的に始まった。

パンフレット係の主な仕事は、出し物を出す部活やクラス、先生や実行委員長などにテキストを書いてもらって、期限までに集めて原稿を作ることだ。校内図や挨拶ページに雛《ひな》型《がた》はあるものの、レイアウトや表紙などは自由なので、その年の個性を発揮することができる。

文化祭には年ごとにテーマがあって、今年は「For the future」ということになっていた。コンセプトをどうデザインに落とし込むかは、係のメンバーの自由だ。

まずは係の三人で話し合い、パンフレットの方向性を決めなければならない。

そのためにも、ある日の放課後、俺たち三人は校内のミーティング室を借りて、テーブルを囲んでいた。

「…………」

さっきから、月愛はそわそわしながら、向かいの黒瀬さんの様子をうかがっている。黒瀬さんは、机の上に資料として置いてある近年のパンフレットを手に取って眺めていた。

俺たちは今、長方形のテーブルの片側に俺と月愛、向かいに黒瀬さんというふうに座っている。

しばらくして、月愛が意を決したように声を発した。

「元気？　海愛」

黒瀬さんはビクッと肩を揺らし、パンフレットを広げたまま瞳だけ月愛の方へ向ける。

「……うん」

硬い表情で、ちょっと顎を引くだけのようにして、黒瀬さんは頷《うなず》いた。

この姉妹が直接コミュニケーションを取る現場を見るのは、これが初めてな気がする。

「最近なにしてるの？」

「なにって……普通だけど」

「そうじゃなくって、シュミとか」

ぶっきらぼうに答える黒瀬さんに、月愛は焦ったように次々問いかける。

「趣味？　……動画とかは見てるけど」

「そうなんだ！　あっ、ねぇ、ギャル高の踊ってみた動画の新作見た⁉　やりらふぃーより面白いかも！」

「……は？　なんなの、それ。何語？」

「………………」

せっかく話題を提供したのに、すげなく返されて、月愛はしょんぼりする。

ＨＰが減りました、一ターン休みたいです……と言いたげな月愛の顔を見て、俺はおずおずと口を開いた。

「……じゃあ、黒瀬さんはどんな動画を見てるの？」

話しかけてきた俺を見て、黒瀬さんは意外な顔をしたが、少し考えて答えてくれた。

「……よく見てるのは、ゲーム実況」

「えっ⁉」

それを聞いて、俺は驚く。

「どんな実況？」

「ホラゲが多いかな……。よく見てるのは『キノ。』さんと『ガッチャメン』」

「ああ、知ってる。俺も『バイオブリザード』とかの実況見たよ。上手《うま》いよなぁ」

有名な人たちなので、気になるタイトルの発売後などには何度か視聴していた。

「ほんと？　上手い人じゃなくても、わたしはホラゲだったら、けっこうなんでも見るんだ。有名人の実況も意外と面白いの。苅野栄光《かりのえいこう》とか見た？」

「あ、見てない。バズってたのは知ってるけど、やっぱ面白いんだ。今度見てみるよ」

楽しくなってきた。ゲーム実況が好きな女の子と話すのなんて初めてだ。まさか黒瀬さんにそんな趣味があったとは。

「ホラゲ以外の実況も、気が向いたときには見るかな。有名な実況者は、ほとんど一通り見てると思う」

それを聞いて、俺は思いきって口を開いた。

「じゃあ、KENって知ってる？　俺、好きなんだけど……」

「あー、元プロゲーマーの人でしょ？　『第六人格』と『人狼《じんろう》パニッシュメント』は好きだから見てた。最近どっちも投稿されてないから見なくなったけど」

「いや、人狼は今でもたまに投稿されてるよ！」

「そうなの？　じゃあたまに見てみる」

「っていうか、『六十人クラフト』とか見ないの？」

「わたし、参加型キッズ関連の動画が好きじゃないのよね。内輪受けわちゃわちゃ実況って、サムすぎてムリ」

「そんなことないって！　しゃべってるのは基本KENだし、見てればだんだんキッズのキャラもわかって楽しくなってくるよ」

「だとしても、そもそもどこから見ればいいわけ？」

「どこからでもいいんだけど、俺のオススメ回は……」

そこで、はっとした。月愛の存在を思い出したからだ。

月愛を見てみると、案の定、あっけに取られたような、ぽかんとした顔をしていた。

まずい。月愛と黒瀬さんの「友達計画」を応援するつもりが、月愛そっちのけで盛り上がってしまった。

「……じゃ、じゃあ、そろそろ係の本題に入ろうか……」

気まずくなって仕切り直し、それから俺たちはパンフレットについての話し合いをぽちぽち始めたのであった。

黒瀬さんがオタク系の趣味を持っていたなんて意外だった。中学の頃は優等生タイプの美少女のイメージしかなかったし、俺は彼女の容姿に惹《ひ》かれていただけなので、知らなくても当たり前といえば当たり前だけれども。

月愛の「友達計画」が前進しているかどうかはわからないが、雑談の成果か、パンフレットについての話し合いはまずまず順調な滑り出しだった。

「そろそろ、全体のデザインのコンセプトを決めないとね」

二回目の話し合いで、俺は切り出した。

「ん～、どうせならめっちゃ可愛《かわい》くしたいよね。せっかくのお祭りだし、キラキラで華やかな感じ！　表紙も、ピンクでラメが入った感じとかにしてー」

月愛が目を輝かせて言うと、黒瀬さんは首を傾《かし》げる。

「そういうのはどうかと思う。文化祭は女子だけのものじゃないし、男子や保護者の方が持ってても恥ずかしくない、モノトーンとかで洗練されたデザインがいいと思うけど。テーマが『For the future』なんだから、未来を見据えて、大人感を意識して」

「え～……でも、せっかく今はＪＫなんだし、ちょっとくらい可愛くても……ほら、明るい未来～って感じで……ダメ？」

月愛は不服そうだが、「友達計画」の手前、妹に強く言い返すこともできなそうで、助けを求めるように俺を見る。

「……リュートは、どう思う？」

「うっ……」

困った。

何が困ったかというと、俺の希望は、断然黒瀬さん寄りだからだ。

でも、彼女に味方しないで、彼女とのモメゴトの原因にもなった、彼女の妹の方の肩を持つなんてことは……彼氏として、あってはならない気がする。

「……え、えっと、じゃあ、両方の意見の中間を取るってのはどうかな？」

俺の苦肉の策の提案に、月愛と黒瀬さん、両方の顔つきが曇る。

「それって、どーいうこと？」

「具体的に、どういうデザインを言ってるの？」

「そ、それは……」

俺は必死に頭を働かせる。

「モノトーンの洗練されたデザイン？　の中に、少しだけピンクのキラキラを……」

「なにそれ。コンセプトがブレてて、かえってダサくない？」

黒瀬さんに一刀両断されてしまった。

でも、この様子だと、俺への気持ちはもうなくなっているみたいだな……。少し寂しい気もするけど、これでよかった。

結局、この日パンフレットのコンセプトがまとまることはなかった。

「あなたたち、コミュニケーション不足よ。まずは三人でよく話し合って、次の打ち合わせまでには意見をまとめておいてね」

長年パンフレット係を担当しているアラフォーのベテラン先生が来て、俺たちの様子を見ると、そう言って帰った。

「………………」

コミュニケーション不足、か。

確かにそうだろう。姉妹でありながら、もう何年もまともに会話をしていなかった二人がいるのだから。

「はぁ……」

月愛が溜息《ためいき》をついた。黒瀬さんと仲良くなりたいのに、空回りしている自分にうんざりしている様子だ。

そして、資料の歴代パンフレットをまとめて退室の準備をしている黒瀬さんをチラチラ見て、自分を奮い立たせるかのような笑顔を作る。

「ねぇ、海愛」

黒瀬さんが、作業の手を止めて月愛を見た。

「海愛は、メイクの動画とかは見ないの？　関本《せきもと》みさとか知ってる？　新作コスメ買いたいときとか、ちょー参考になるよ」

「見ないし、知らない。わたしメイクしないし」

またも一刀両断だ。

「………」

黒瀬さんが動画を見るのが趣味と言っていたから、月愛なりのアプローチで話しかけてみたのだろう。それなのに今回も玉砕してしまって不憫《ふびん》だ……と思っていると、黒瀬さんが思い直したように「あ、でも」と言った。

月愛の顔が、希望で明るくなる。

「コスプレのときは、ちょっとだけするかも」

明るくなった月愛の顔に、再び困惑の色が現れた。

「え、コスプレ？　海愛、コスプレなんてするの？」

「うん。好きなゲームキャラとかで、気が向いたときにね。コスプレ友達いないから、宅コスで自撮りしてるだけの自己満レイヤーだけど」

「た、たくこす……？　れいやー……？」

「ほら、こういうの」

困惑しまくりの月愛に、黒瀬さんは自分のスマホ画面を見せる。

月愛の隣にいる俺にも画面が見えて、俺は「あっ」とつぶやく。

「これ『第六人格』の庭師？」

すると、黒瀬さんはわずかに目を輝かせて頷《うなず》く。

「そう。わたし好きなの、ユマちゃん」

「この衣装は自分で作ったの？　ゲームのまんまじゃん」

「ううん、フリマアプリで中古のを二千円で買ったんだけど、可愛いでしょ？　ユマの衣装の中で、これが一番好きなんだー」

「いいね。さすがに目はボタンじゃないんだ」

「ボタン目つけてる写真もあるよー、ほら」

「わっ、すげえ！　完璧じゃん。実写化って感じ」

新たに見せられた写真を見て、俺は感嘆する。

「これツイッターとかで上げたらバズるんじゃないの？」

「えーやだ、恥ずかしい」

「完成度高いのにもったいなくない？」

「やだ」

頬を染めて恥ずかしそうに答える黒瀬さんにドキッとしかけて、はっとした。

またしても、月愛を置いてけぼりにしてしまった。

月愛は口をぽかんと開けて、俺と黒瀬さんを見守っていた。俺と目が合うと、その顔に少し拗《す》ねたような表情が加わる。

ヤキモチを妬《や》いているのだ……可愛い。とは思いながらも、この状況を続けるわけにはいかない。

「と、とりあえず、今日は帰ろうか」

こうして、月愛の「友達計画」は、なかなか進まないどころか、俺のせいで良からぬ方面へ進んでしまっていることを感じつつも、どうすることもできないでいた。

◇

そんな中、ある日曜日に、文化祭実行委員の親睦会が行われた。

文化祭一週間前にはほぼ仕事が終わってしまうパンフレット係と違って、他の多くの係は文化祭当日が一番忙しい。そんな多忙な本番を迎える前に、実行委員同士で学年を越えて交流を深め、当日スムーズに連携を取れるようにしようというのが、会の目的だ。

まあそれは名目で、実際は、陽キャの実行委員たちが、ただ集まって盛り上がりたいだけに違いない。

親睦会が行われたのは、渋谷にあるカラオケ店のパーティルームだった。午前十時に集合して、飲み食いしながら陽キャが盛り上がったり、カラオケしたりするのを横目に、俺はイッチーとKENの話をしていた。月愛は、谷北さんや他のクラスの女子と楽しげにワイワイやっている。

意外なことに、自由参加だったにもかかわらず黒瀬さんも来ていた。黒瀬さんは、時々話しかけてくる男女と何ターンか会話しては、一人で静かに座っていた。

始終ガチャガチャした雰囲気の中で、約三時間の親睦会が終わった。イッチーがついて来て欲しそうだったので（おそらく谷北さんと一緒の空間にいたかったのだろう）参加を決めたが、やはり陰キャが参加するものではなかったな……と軽い疲労を感じながら、カラオケ店を後にする。

そこで、月愛に話しかけられた。

「二次会、サイゼ●ヤだって。あたしとアカリは行くけど、リュートどうする？」

「あー、俺は帰るよ。予備校の勉強しなきゃいけないから……」

来週の土曜の授業で、初めての小テストがある。小テストの成績が悪いと、冬期講習でハイレベル英語を取ることができなくなるようなので、しっかり勉強しなくてはならない。

「そっか。じゃあ、また明日だね。勉強頑張ってね」

「うん、ありがとう」

俺に手を振って、月愛は谷北さんたちと坂の上へ向かっていった。

そこで、少し離れていたイッチーが、俺の隣に戻ってくる。

「……俺も帰るわ……」

「ああ、うん……」

その顔は名残惜しそうだ。谷北さんのことは気になっているのだろうが、おそらく何組かに分かれて着席すると思われるファミレスでは、より高度なコミュ力が必要とされるだろうし、参加する自信がないのだろう。

ちらと確認したところ、黒瀬さんもファミレス組についていく気配はない。帰るのだろうか。それとも自習室だろうか……。

実は俺も、自習室へ行って勉強する予定だった。そのつもりで、勉強道具一式を持って家を出てきた。自宅だと、どうしても動画を見たりしてしまって集中できないからだ。

もし黒瀬さんも自習室に向かうとなると、ここから池袋まで移動する間も気を抜けないし、自習室にも同じタイミングで着くことになってしまう。いろいろ危険だ。

K予備校の別の校舎の自習室を使う手もあるけれども、関家さんいわく、自習室には校舎ごとに雰囲気の違いや暗黙のルールなどがあるらしいので、そこまで考えて行くのはめんどくさい。

カフェなども環境に当たり外れがあるし、できれば無料で静かに勉強できるところ……と考えて思いついたのは、図書館だった。

早速スマホで調べたところ、広尾に都立図書館がある。渋谷からなら電車で十分ほどで行けるらしいので、イッチーと別れた俺は、試しにそこへ行ってみることにした。

都立中央図書館は、有栖川《ありすがわ》記念公園の中にある。公園は広く、木々が豊富に生い茂り、高低差もあってちょっとした山のようだ。普通の公園らしい遊具や、日本庭園みたいな趣のある池などを眺めながら階段を上り続けていくと、図書館の近代的な建物が現れる。

辺り一帯が、さっきまでいた渋谷の喧騒《けんそう》とはかけ離れた静けさで、これなら集中できそうだなと期待が高まった。

実は都民ではないのでドキドキしながら入館したが、入館証を受け取るだけで入れてほっとした。

各階の閲覧室には、数人がけの広いテーブルが適度な間隔で窓際《まどぎわ》に並んでいた。公園の緑を横目に勉強するのは気持ちいいだろうなと思って、空いていそうな方へ向かう。

閲覧席であからさまに受験勉強するのも気が引けるので、カモフラージュ用の本を取って、窓際の席に座る。向かいに荷物が置いてあるが、窓際はここしか空いていない。ずっと離席していてくれればいいなぁと思いながら、テキスト類を広げて、勉強を始めたときだった。

「あっ……」

小さな声を聞いて、俺はふと視線を上げる。

そして、目を瞠《みは》った。

「……黒瀬さん……!?」

目の前にいたのは、俺と同じように本を抱えて席に着こうとした様子で、こちらに信じられないような視線を送ってくる黒瀬さんだった。

「ど、どうしたの？」

俺が尋ねると、黒瀬さんは慌てながら口を開く。

「勉強しようと思って……中間《テスト》も近いし」

「そ、そっか……俺も」

そういえば、来週は中間試験だ。予備校の方にばかりかまけてもいられない。

というか、予備校のテキストを見られたら、K予備校に通っていることがバレてしまう。校舎まで同じだとバレるのも時間の問題だ。そう思って、ノートをずらし、さりげなくテキストを隠した。一応学校の教材も持っているし、今日は中間の勉強をしよう……。

しかし……それにしても、どうして。

「黒瀬さんは、なんでここに……」

そのとき隣のおじさんが咳払《せきばら》いをして、俺は言葉を止めた。

とりあえず、勉強しよう。今さら席を替えるのも変だ。

その後、向かいに座っている黒瀬さんのことが気になりつつも、静まり返った環境でまずまず集中力が上がり、一時間半ほど勉強した。

「……加島《かしま》くん」

斜め後ろから声をかけられて振り向くと、黒瀬さんがいつの間にかそこにいた。向かいの席には、本やノートが整頓されて置かれている。

「わたし、カフェテリアに休憩に行くけど、よかったら一緒に行く？」

「え……ああ、うん」

ここにいたら、ささやかな雑談もできない。せっかく声をかけてもらったことだし、同じパンフレット係でもある。お茶くらいなら……と俺も席を立った。

五階のカフェテリアも、閲覧席と同様、窓が大きくて気持ちのいい空間だった。窓際のテーブル席に向かい合って座って、俺たちは一息つく。

黒瀬さんは、アメリカンドッグを注文していた。

「さっきのカラオケ、食べ物少なかったよね」

そう言うと、小さな口を大きく開けて、アメリカンドッグを頬張る。

やっぱり可愛《かわい》いな、と思う。

黒瀬さんは今日、ピンクのストライプ柄のジャンパースカートを着ていた。下に着たブラウスは襟が大きく、レースがついてヒラヒラしているのが非常に女の子らしい。双子だし、月愛もきっと、こういう服も似合うだろう。見てみたいなと思った。

「料理全然足りないし、男子がどんどん食べちゃって、ほとんど食べられなかった」

「ごめん……」

俺は食べていた方ではないのだが、男として謝る。

「加島くんは、そんなに食べてないでしょ」

伏せていた目をちらりと上げて、黒瀬さんがふふっと笑った。

「その証拠に、今食べてるし」

黒瀬さんは、俺の目の前にある皿を指す。ご指摘の通り、小腹が空《す》いていたので、フライドポテトを食べていた。

「………………」

黒瀬さんの自然な笑顔を、初めて見た気がする。中学の頃から見てきたあざとい笑顔も可愛いと思っていたが、こちらの方が、なんとなく落ち着く。

俺にこうして自然体を見せてくれるということは、俺のことは本当にもう吹っ切れたんだな。それならば助かる……。

今日こうして黒瀬さんと図書館で出会ったことは、月愛に言った方がいいのだろうか？ 言った方がいいよな。だって、やましいことは何もないのだし。

いろいろと考えて無言になっていた俺に、黒瀬さんが再び口を開く。

「この図書館、よく来るの？」

「えっ、いや……」

俺は首を振る。

「今日初めて、検索して知った。黒瀬さんは？」

「わたしは、前の学校にいたとき、よく来てた。隣の駅だから」

「マジ？　すごいところにあったんだね、学校……」

港区の、しかも、こんな大使館が建ち並ぶような土地にある学校なんて。

「もしかして、お嬢様学校？」

「そう」

黒瀬さんは俺の問いにすんなり頷《うなず》いて、食べ終わったアメリカンドッグの棒を皿に置く。

「前のお義父《とう》さんが経営者で。どうせならいい環境の学校に行きなさいって言ってくれたから、T女学院に入学したの」

「へぇ……」

黒瀬さんのこういう話を聞くのは初めてだった。前の学校は女子校らしいという話は、級友の噂《うわさ》で聞いたことがあるような気がするけど。

「わたし、T女が好きだったから……お母さんがまた離婚することになったときは、転校することが一番悲しかった」

「……でも、このへんの学校なら、今の家からでも通えたんじゃない？」

黒瀬さんの家は俺と同じ市内だから、通学不可能な距離ではないだろう。

そんな疑問をぶつける俺に、黒瀬さんはふっと笑った。悲しそうな微笑だった。

「転校した理由は、距離じゃない。夫婦仲が悪くなってから、お義父さん、二年生の前期分の学費を振り込んでくれなかったの。もういられないわ」

「……学費……そっか。お嬢様学校だから、学費も高いのか……」

そんなこともわからない庶民の自分が恥ずかしい。

「あ、でも、離婚しても相手の財産とかって、少しはもらえるんじゃ……？」

どこかのニュースで聞きかじったような知識を口にすると、黒瀬さんは唇を噛《か》む。

「……そんなお金、あったのかな。お義父さん、別れる半年前に事業に失敗して、借金を抱えてた。その頃から、イライラしてお母さんに暴力を振るうようになって……最後はもう、お金どころじゃなく出てきたから」

「……そっか……」

黒瀬さんがあんな中途半端《ちゅうとはんぱ》な時期に転校してきた理由が、やっとわかった気がした。

「お母さんは、お義父さんとの離婚を考え始めてから、今の仕事を見つけたんだけど、正社員じゃないし……うち、あんまりお金ないんだ。この服も、この鞄《かばん》も、みんなお義父さんがいい人だった頃に買ってもらったもの」

黒瀬さんは、昔を懐《なつ》かしむように目を細めて微笑《ほほえ》んだ。それが切なく感じて、何か言ってあげなければいけない気になる。

「……でも、うちの学校には問題なく通えてるみたいだし、よかったね」

うちの高校も私立なので、本当にお金に困っていたら通学は難しいはずだ。

だが、俺の言葉に、黒瀬さんは元気のない微笑を浮かべる。

「前の学校に比べて、学費が半額以下だから。高校無償化の制度で賄えて、実質タダなの」

「えっ、マジ？　そ、そうなの……？」

そんなの親から聞いたことないけど……と焦《あせ》っていると、黒瀬さんは俺に向かって再び力なく微笑んだ。

「無償化は、県外の学校だとムリだから。わたし、伯母さんの家に住んでることになってるの」

「そ、そうなのか……」

裏ワザってことか。聞いてはいけないことだった気がして、ドキドキした。

そんな俺を、黒瀬さんは見つめる。

「加島くんは、不思議に思わないの？　どうしてわたしが転校先にうちの学校を選んだと思う？」

俺は、少し躊躇《ためら》って、口を開いた。

「……白河さんに、復讐《ふくしゅう》するため？」

黒瀬さんは微笑んだ。

「違うわ」

伏し目がちに、彼女は言った。

「わたし、確かに月愛を恨んでた。月愛にはお父さんがいて、おしゃれで料理上手なおばあちゃんがいて、安定した暮らしがあって……。どうしてわたしだけ……苗字《みょうじ》だって何度も変わって……こんな目に遭うんだろうって、本人に当たり散らしたこともある」

それを聞いたときの月愛の気持ちを考えると、どちらもかわいそうで胸が痛む。

「でも、うちの学校に転校するのを決めたのは……たぶん、月愛に喜んで欲しかったんだと思う」

「……え？」

「月愛、サプライズが好きだから。彼氏なら知ってるでしょ？」

黒瀬さんに薄く微笑みかけられて、俺は「ああ……」と頷く。

「月愛には散々いやなことを言って……『嫌い』って何度も言っちゃったけど……心のどこかで、甘えてたんだと思う。月愛なら、それでも許してくれるって。月愛は、ずっと……わたしのこと、好きでいてくれるって」

そう話す黒瀬さんの顔は、ほんの少し幸せそうだった。

「だから、期待してたんだ。わたしが教室に入ったら……『海愛じゃん！　みんな、あの子、あたしの妹！』……って、月愛ならきっと、喜んでくれるんじゃないかって」

月愛の声真似《まね》は相変わらずよく似ていて、それが本当にありえた世界線のような気がしてくる。

「だから、ショックだった。わたしを見たときの月愛が、ひたすら困惑してたこと」

ああ、そうだったのか。

あのとき俺は、自分のことで頭がいっぱいで。転校生に対する月愛の反応を見る余裕なんてなかった。

「……それで、あんなことを？」

俺の問いに、黒瀬さんは頷く。

「そうね。今考えたら、バカなことをしたと思う。月愛と加島くんに関すること、すべて」

意気消沈した顔で、ほんの少し眉根を寄せて、黒瀬さんはつぶやいた。そして、顔を上げる。

「でも、その失敗のおかげで、前みたいに無理しなくなった。どうせみんなに嫌われてるし、媚《こ》び売ったってしょうがないから」

それは今日の親睦会でも感じていた。こうして話していると余計に、黒瀬さんの本当の人となりがわかってくる気がする。

「加島くん、わたしね、T女にいたとき、楽だったの。女の子しかいない環境が。男の子に気に入られる必要もなくて……学校生活で初めて、素の自分でいられた。そんな自分に、今、少しずつ……戻れてる気がするんだ」

そう言うと、黒瀬さんは眉を下げた表情で俺を見つめる。

「……ごめんね、いろいろ」

悪い子じゃないんだ、と思った。前から薄々は感じていたけれども。

そうだよな。月愛の妹なんだから。

「いいよ、もう」

終わったことだから。

彼女の気持ちが俺から完全に離れたことを少しだけ寂しく思うのは、俺のエゴだ。

「じゃあ、そろそろ勉強に戻ろうか？」

「あ、ちょっと待って、お手洗い行ってくる」

そう言うと、黒瀬さんは鞄からハンカチとポーチを取り出して、席を立とうとした。

そのとき。

キラッと光るものが目に入って、俺はそこに釘付《くぎづ》けになる。

「あっ、それ……」

「それって、月と星？」

指差したのは、ポーチのファスナーの引き手部分だ。そこについている三日月と星のモチーフに、見覚えがある気がしたからだ。

「ああ、うん。……昔、月愛にもらったの」

黒瀬さんの言葉を聞いて、はっとする。

「お父さんとお母さんが別れることになって、別々の家に引っ越すとき……月愛がくれたピアス。『高校生になったら一緒に片方ずつつけようね』って、一個だけ」

聞いているうちに、はっきり思い出した。サバゲーのときに月愛が捜していたピアスによく似ている。

「ピアス？　でもそれ……」

「ああ、自分でファスナーアクセサリーに改造したの」

黒瀬さんはさらりと答える。

「ピアスなんて開けてないし。だって、校則違反じゃない。うちの学校は緩いと思うけど、校則で大々的に認められてるわけじゃないから、注意されて取り上げられても文句は言えないでしょ？　……実際、自分だってつけてないじゃない、こんな目立つの。月愛のことだから、大方、存在自体忘れてるんだろうけど」

「えっ、いや……」

俺はまじまじと、その三日月と星を見つめる。

見間違いではないはずだ。

――大切なやつなんでしょ？　没収されたらヤダから、学校にはつけてかないって言ってたもんね。

山名さんの言葉を思い出す。

忘れてなどいない。月愛は、黒瀬さんにあげたピアスと約束を忘れずにいて、片割れを大事にしているんだ……そう伝えようと、口を開きかけたとき。

「……ねぇ」

黒瀬さんにぶっきらぼうな口調で言われて、俺は彼女を見る。その顔は気まずそうで、頬がほんのり赤らんでいた。

「もう行っていい？　……これ、サニタリーポーチなんだけど」

「あっ、ごめん」

反射的に謝ったものの、「sanitary《サニタリー》？」と頭にハテナが浮かぶ。

黒瀬さんがトイレに行っている間にスマホで調べて、それが「生理用品」を意味すると知り、人知れず赤面した俺だった。

◇

閲覧席にもどったとき、関家さんからＬＩＮＥが来た。

関家柊吾
今日来ねーの？
黒瀬さんいないから、絶好の自習室チャンスだぜー

「…………」

黒瀬さんがこのままこの図書館で勉強するなら、俺一人、池袋へ移動してもいいかもしれない。彼女が来ないことがわかっているから、安心して勉強できる。

けれども、なぜか移動する気が起きず、黒瀬さんの向かいで、そのあと二時間ほど勉強した。

気がつけば、もう五時になっていた。昼からあまり食べてないので、またお腹《なか》が空《す》いてきたし、そろそろ帰るか……と思っていたとき。

示し合わせたわけでもないのに、黒瀬さんが机の上を片付け始めた。

「加島くん、帰る？」

「う、うん……」

「わたしも」

そうしてなんとなく、黒瀬さんと一緒に退館することになった。

外に出ると、辺りはもう薄暗くなり始めていた。来るときは気づかなかったが、池の方には早くも色づき始めている葉もあって、ほんのり秋の気配が漂っている。

「黒瀬さん、いつもこのくらいの時間に帰るの？」

「うん、学校帰りに来てたときはね。もう少し遅くなると、ラッシュの電車で痴漢に遭ったりするから」

「え……あ、そうなんだ」

そんなことをさらりと言われてしまって、俺はへどもどする。

痴漢か。俺にはそんなことする度胸もないし、あったとしてもやらないけど、世の中には不埒《ふらち》な輩《やから》がいるものだ。

「今日は休日だから平気だと思うけど。……加島くんもいるしね」

黒瀬さんが、俺を見て小さく笑う。その顔が可愛《かわい》くて、少しドキッとして焦《あせ》った。

その罪悪感を誤魔化そうとしたわけじゃないけど、月愛の話を切り出すことにする。

「……白河《しらかわ》さん、つけてるよ。あのピアス」

さっき、カフェテリアで伝えそびれたことを、言おうと思ったのだ。

黒瀬さんは「え……」と言いかけたが、すぐに話題を理解した顔になる。

「学校で没収されたくないから、休みの日にだけつけてるんだって。……今日は、見てないけど、この前はつけてた。見覚えがあるって思ったから、気になったんだ、さっき」

俺の要領を得ない説明でも、黒瀬さんには伝わったみたいだ。

「……そう」

伏目がちに、黒瀬さんは答えた。

「月愛は、昔からアクセサリーとかコスメとかが大好きだったのよね」

ぽつりと、独り言のように。彼女は言った。

「お父さんは、あまりいい顔をしなかったけど。お母さんにだって『すっぴんが一番いいよ』っていつも言ってたくらいだし。でも、お母さんも、まつげエクステや流行《はや》りのメイクをやめなかった。似てるのよ。お母さんと月愛」

遠くを見るように目を細め、黒瀬さんは語る。

「わたしは、お父さんの言う通り化粧もネイルもしなかった。お父さんに『可愛い』って思ってもらいたかったから」

そう言うと、彼女は悔しそうに唇を噛《か》む。

「でも、お父さんが愛したのは、わたしじゃなくて月愛だった……。そうだよね。だって、お父さんはお母さんが好きで結婚したんだもん。だから、わたしはお母さんの真似《まね》をするべきだったのよ。月愛みたいに」

「白河さんは、お母さんの真似というか……元からそういうのが好きだったんだと思うけど……」

「知ってる」

凛《りん》として答え、黒瀬さんはつぶやく。

「だから腹が立つのよ……。わたしは、そういう方向に逃げられなかったから」

「……どういうこと？」

逃げる、という単語に引っかかっている俺に、黒瀬さんは皮肉めいた微笑を浮かべる。

「ギャル系ファッションが好きだからギャルになる、って思ってる？　確かにそういう子もいるかもしれないけど、月愛の場合は、たぶん違う。……少なくとも、それだけじゃないように、わたしには見えた」

どういうことだろうとさらなる言葉を待つ俺に、黒瀬さんは続ける。

「もともとわたしたち、性格は違った。だから趣味も似てなくて。でも、それがはっきりしてきたのは、両親の離婚話が持ち上がり始めた、小五くらいのことだった」

当時を思い出しているのか、その表情は険しい。

「わたしは、嫌な現実から逃れるために、漫画やゲームにのめり込んだ。自分でないものでいられる時間が、心地良かったから……」

夕方の有栖川記念公園の物寂しい雰囲気が、彼女の口調と合って胸が締めつけられる。

「その頃、月愛がハマったのがギャルファッション。小学校にメイクして行って、お母さんが呼び出されたこともあった」

そんなことが……。まさか、小学生の頃からギャルだったとは思っていなかった。

「今どきギャルだからって『不良』ではないと思うけど、やっぱり、そういう要素はあると思うの。だって、本当にギャルファッションが好きなだけなら、休みの日にだけ、こっそりやればよくない？　メイクもネイルも茶髪も、校則違反なんだから」

黒瀬さんが言うことはもっともだと思う。だから、反論せずに聞いていた。

「ルールに違反したら、大人に叱られたり、目をつけられたりするでしょう？　そんなのバカらしくない？　だから思うんだ。月愛は『むしろそれを望んだ』んだって」

「どういうこと？」

「見て欲しかったのよ。先生に……。先生が親に連絡すれば、親も月愛に目を向けてくれるでしょ？」

皮肉っぽい微笑で、黒瀬さんは俺に微笑《ほほえ》みかける。

「わたしたち、怖かった。寂しかった。両親が毎日のように言い合いをしてて、自分たちの環境も大きく変わるかもしれない……何かしてないと、不安で押し潰されそうだった」

それがたった小五の女の子たちの身の上に起きたことだと思うと胸が苦しい。

「わたしはフィクションの世界に救いを求めたけど。月愛は、自分の孤独や不安と、現実世界で戦おうとした。その表れが、ギャルだったんじゃないかな」

淡々と言って、黒瀬さんは遠い目をする。

「なんとなく、そう感じてたんだ」

それは、双子の黒瀬さんにしか気づけなかったことかもしれない。俺は、いつも明るい月愛の顔にときおり影を落とす、家族への複雑な感情を思い出していた。

「脳内で現実逃避してたわたしより、現実世界で寂しさを埋めようとした月愛の方が、大人だったのかも」

自嘲のように笑って、黒瀬さんは真面目な顔つきになる。

「っていうより……月愛は、早く大人になりたかったのかもしれない」

自分の発言を確信するかのように、黒瀬さんは頷《うなず》いた。

「大人なんだ、月愛は……。だから、わたしのことも許してくれるかもしれない。あんなことをしてしまった、わたしを……」

「許してるよ」

そこで俺は言った。

「だって……白河さんは、黒瀬さんと前みたいに仲良くなりたくて、実行委員になって、パンフレット係になったんだから」

月愛の計画の邪魔はしたくないが、このくらい、言ったっていいだろう。

そんな俺をちょっと見て、黒瀬さんは俯《うつむ》いた。

「……そうだろうなって思ってた。パンフレット係なんて、月愛には全然向いてないし」

「じゃあ……」

あんなツンケンしなくても、少しは月愛に歩み寄ってくれてもいいんじゃないか。そんな気持ちをぶつけそうになる俺に、黒瀬さんは「でも」と言う。

「わたしがまだ、わたし自身を許せてないの。毎日……一人になると、いろいろ考えちゃって」

それは意外な言葉だった。

「だから、月愛と仲良くなる勇気が……今は持てない」

力なくつぶやいて、黒瀬さんはうなだれた。

「そう、なんだ……」

黒瀬さんは、まだ月愛に反感を抱いているのだと思っていた。

そうじゃないのか。

——わたしがまだ、わたし自身を許せてないの。毎日……一人になると、いろいろ考えちゃって。

それにしても、本当に正反対の双子だなと思う。

——考えるの、苦手なんだ。

月愛の言葉を思い出して、そう実感した。

似ているのは、声くらいか……。

「あ！」

そのとき、黒瀬さんが何かを見て声を上げた。

「どうしたの？」

「タピオカのお店、見つけちゃった。すっごく美味《おい》しそう」

「えっ……」

弾んだ声を出す黒瀬さんに、ドキッとする。

俺たちはもう公園を出て、地下鉄の駅への道のりを歩いていた。道端に現れたおしゃれなカフェの看板を見て、黒瀬さんは瞳を輝かせている。

「黒瀬さん、タピオカ好きなの……？」

「うん」

黒瀬さんは頷くと、少し悩ましい顔をして鞄《かばん》に手を入れ、えいっと財布を取り出した。

「大好き。世界中の人がもうタピオカに飽きて飲まなくなっても、わたしだけは飲み続けるって決めてるの」

「そ、そうなんだ……」

ドキドキしていた。

タピオカの流行は、ここ数年内の出来事だ。それは二人が疎遠になっている間のことだと推察されるし、二人はお互いをまったく意識せずに、同じものにハマっていたのか。

俺がひそかに感動している間に、黒瀬さんはそのタピオカミルクティー店に吸い込まれていく。

外で待っていると、しばらくして、太いストローがささったプラスチックカップを手に黒瀬さんが出てきた。

「五十円高かったけど、タピオカ増量しちゃった」

こっそり悪いことをした子どものような顔で、黒瀬さんが笑う。

――うち、あんまりお金ないんだ。

さっきはあんなことを言うから心配したけど。黒瀬さんは裕福なT女の友達と比べてそう思っているのかもしれないが、俺が思い浮かべる「お金がない」家庭ではなさそうなので、少し安心した。

「わたしだけごめんね」

「いいよ。お茶のペットボトル持ってるし」

俺たちは、再び道を歩き出した。公園の近くは、どこぞの大使館や洒落《しゃれ》た店が点在する閑静な通りになっている。

「加島くんは、タピオカ好きじゃないの？」

「ううん、好きだよ。でも、タピオカはミルクティーより黒糖ミルク派なんだ。タピオカと一緒に飲むと味が薄くない？　と思って」

以前、月愛を沈黙させてしまったタピオカ考察を思い出して、今回は短めにまとめた。

「ふーん」

今まさにタピオカミルクティーを飲んでいる黒瀬さんは、気のない返事をする。やはり熱く語らないでよかった、と思っていると、黒瀬さんがストローから口を離した。

「きっと、加島くんはタピオカドリンクにデザートとしての完成度を求めてるのね」

「えっ……？」

「タピオカミルクティーは、デザートじゃないから。飲み物なのよ、あくまでも」

目をぱちくりさせる俺に、黒瀬さんは語る。

「タピオカはひまつぶし。ただのミルクティーはごくごく飲んでおしまいになっちゃうけど、タピオカが入ってれば長持ちする。ミルクティーをちょっと飲んで、合間にグミ感覚でタピオカを噛む。友達とおしゃべりしながら二、三十分楽しめる飲み物だから、女子高生に流行《はや》ったんだと思うけど」

「……なるほど……」

目から鱗《うろこ》だった。

タピオカミルクティーは、あくまでも「飲み物」。タピオカは「ひまつぶし」。俺にはなかった視点だ。

「……黒瀬さんって、面白いね」

月愛と話していると、ドキドキして、心が明るくなって、楽しい。

黒瀬さんと話していると、新たな気づきがあって興味深い。それは彼女が、俺と同じ「考えるタイプ」の人間だからかもしれない。

「そう？」

意外そうに俺を見て、黒瀬さんは微笑した。

「そんなこと、男の子に初めて言われた」

その顔は、なぜか少し嬉《うれ》しそうだった。

そうして帰路を共にした俺と黒瀬さんだったが、K駅のロータリーを出た大通りで、黒瀬さんが立ち止まる。

「加島くん、こっちの道なの？　わたし、あっちだから」

「えっ、ああ……」

「また明日ね」

俺に軽く手を振ると、黒瀬さんはこちらに背を向けて歩き出した。

「………………」

そうだよな。彼女でもない女の子との別《わか》れ際《ぎわ》なんて、きっとこんなものだろう。さっきまで電車の中で、オススメのゲーム実況の話で盛り上がっていたから、少し拍子抜けしてしまったけど。

今まで女友達がいなかったから、違和感があるだけだ。

男友達と一緒だ。

でも……本当に、男友達と一緒の扱いでいいのか？

——もう少し遅くなると、ラッシュの電車で痴漢に遭ったりするから。

さらりと言っていたけど、痴漢に遭ったときは、黒瀬さんも嫌な思いをしたはずだ。

空はもう、完全に夜の暗さになっている。ここはまだ駅前だから、灯《あか》りも人通りも多いけど、それが黒瀬さんの自宅まで続くかはわからない。電車の中じゃなくても、痴漢みたいなことをする人間はいるだろう。

俺と別れたあとで、もし、そんなやつと遭遇してしまったら……そう考えると不安になって、俺は思わず走り出していた。

「おっ、送るよ、家まで！」

後ろから再び現れた俺に、黒瀬さんは驚いた顔をした。悩んでいる間に黒瀬さんはかなり先を歩いていたので、追いついたときには息が切れていた。

「えっ、いいわよ」

黒瀬さんは目を丸くして言って、視線を落とす。

「あんまり一緒にいると、月愛に悪いし……」

「でも、心配だから」

俺が言うと、黒瀬さんは言葉に詰まる。その頬が見る間に染まって、彼女は照れ隠しのように髪を耳にかけた。

「……じゃあ……ありがとう」

俺から目を逸《そ》らしたまま、黒瀬さんは小さくつぶやいた。


黒瀬さんの家があるのは、そこから十五分ほど歩いたところだった。

「ごめんね。遠いでしょ。いつもは駅まで自転車なんだけど、今日は午後から雨降るって言われてたから」

黒瀬さんが申し訳なさそうに言う。確かに今日は、朝の天気予報では降ると言われていた。晴天でもなかったが、曇りのままもってしまったようだ。

「もう着くから。あのマンション」

黒瀬さんが指したのは、進行方向右手にある、七、八階建てのマンションだ。今通っているのは人通りの少ない小道で、手前に小さな無人の神社がある。近くの電柱や掲示板に

「この辺、ひったくり多発！」というポスターが何枚も貼ってあり、やはり送ってよかった……とぞっとした。

「ここの二階だから。ありがとう」

「ここまで来たなら、家に入るまで見届けるよ」

マンションの入り口で別れようとする黒瀬さんに言って、一緒に建物に入った。オートロックでもなく誰でも入れるマンションなので、あんなポスターを見てしまったあとだし、その方が安心だ。

一機だけのエレベーターは八階に停《と》まっていたので、黒瀬さんは階段を選択して上る。

そして、二階についたときだった。

「あっ、海愛！」

聞こえてきた声に、俺は我が耳を疑った。

「月愛……！」

黒瀬さんも驚いている。

二階の廊下にいたのは、月愛だった。

もっとも、俺にはまだその姿は見えていない。先に上がった黒瀬さんに続いて、二階のフロアに片足をかけた状態で、階段の途中で立ち止まっている。ここからだと、壁で遮られて、廊下の全体は見えない。

「月愛……どうしてここに？」

俺の方を一瞬気にして、黒瀬さんは月愛を見る。

「インターフォン押しても誰も出なくて。あたし、鍵持ってないから入れないよ」

「ああ、おじいちゃん、今入院中だから……もうすぐおばあちゃんは帰ってくると思うけど。お母さんもそろそろ帰る時間だし」

「えっ、おじーちゃん大丈夫？」

「うん、いつものだから」

手短に答えて、黒瀬さんは再び月愛に視線を向ける。

「そうじゃなくて、なんで月愛がここにいるの？」

「あぁ、あのね……」

月愛はそこで、ちょっと遠慮がちな声色になった。

「親睦会のあと、アカリと新大久保《しんおおくぼ》に遊びに行ったんだけど。この前、家で作ってから、あたし、今めちゃめちゃクロッフルにハマってて、新大久保で本場のクロッフル食べたら激ウマでちょーヤバかったから、海愛にも食べさせてあげようと思ってテイクアウトしてきたんだ」

カサッという、ビニール袋のような音が聞こえる。

「ほら、あたしたち、食の好みは一緒だったじゃん？　だから、海愛もきっと好きだと思って……」

言いながら、足音が近づいてくる。

「え？　ちょ、ちょっと月愛……」

黒瀬さんがうろたえているのがわかった。

「……あれ？　誰か一緒にいるの？」

月愛の足音がさらに近くなる。

そして……。

「リュート……!?」

俺は、数時間前に別れた彼女と、よりによって、彼女の妹のマンションの部屋の前で、再会してしまった……。

「あっ、ああ、加島くんは、送ってくれたの。あのあと、たまたま図書館で会って、勉強してて」

黒瀬さんが慌て気味に説明する。

「図書館？」

月愛は不安げに顔を曇らせる。

「自習室じゃなかったの？　いつも行ってる、池袋のK予備校の……」

「えっ」

それを聞いて、黒瀬さんが驚く。

「加島くんも、K予備校行ってるの……？　しかも池袋校って……」

こちらを振り向いて、信じられないように俺を見る黒瀬さんにも、じっと俺の言葉を待つ月愛にも、何から話していいかわからなくて。

「…………」

最悪だ……。

天を仰いで、運命を呪った。

# 第三・五章　ルナとニコルの長電話

「……ってわけでさー、中学の同級生と会ったら、センパイのこと思い出しちゃったんだよね」

「そっか……」

「あーあ、どうでもいい同級生とは行き会うのに、どうしてセンパイとは会えないんだろ？　引っ越してないはずだから、家もけっこう近所だし、どこかでばったり会ってもいいはずなのになぁ」

「そうだよね……」

「今なら言えるのにな……『もう一回あたしと付き合ってください』って。フラれたらフラれたで、いいんだ。それで今度こそ、先に進める気がするから」

「三年前にフラれたときの理由が、ちょっとアレだったもんね」

「そー。『お前のこと傷つけたくないから別れたい』って、はぁ？　なにそれって感じじゃん？」

「でも、あたし、センパイに嫌われたくなかったから、強く言えなかったんだよね。『別れたくないです』って駄々こねたら、ウゼー女って思われそうで」

「うん」

「……わかるよ」

「『嫌い』って言われたわけじゃないから諦められなくて、でも連絡する勇気もなくて……そのうちにスマホ壊れて連絡先飛んじゃって、もう連絡したくてもできなくなっちゃったんだよね。それでこんなに引きずってるなんて、ほんとバカみたい」

「そんなことないよ……」

「……どーしたの、ルナ。なんか元気なくね？」

「えっ？　そ、そうかな？」

「なんかあったの？」

「……。うん……実は、ちょっと……」

「親睦会で、何かあった？」

「……帰り、海愛《まりあ》んちにクロップル届けに行ったら、海愛がリュートと帰ってきたんだ」

「はぁ⁉　あんの男……まだ懲りてなかったわけ⁉」

「ち、違うの。親睦会のあとでリュートが近くの図書館に行ったら、たまたま海愛と会って、一緒になったんだって。それで暗くなったから、家まで送って……」

「ふーん……それにしたって、あんなことがあったあとだし、気をつけるべきじゃね？」

「でも、同じパンフレット係だし……リュートには、あたしが海愛との『友達計画』に協力してって、お願いしたんだし」

「そうは言っても、気になってるわけっしょ？　ルナは」

「ん……。でも、別にリュートを疑ってるわけじゃないんだ。そうじゃなくて……」

「ん？」

「……なんだろ、まだうまく言えないんだ。けど、なんとなく不安なの」

「……なんかあたしにできることあったら、なんでも言ってよ。あの男でも、妹でも、思う存分シメてあげるから」

「アハハ、そういうのはいいって～！　……いつもあたしの方ばっかり……ありがとね」

「いいんだよ。終わった恋にしがみついてるあたしが、ルナに協力してもらえることなんて何もないしね」

「そんなこと……」

　月愛は視線を上げて、プリクラが貼ってあるペンスタンドを見る。黒髪の笑琉《にこる》の隣で照れ臭そうに微笑《ほほえ》む男子の顔を、目に焼きつけるようにじっと見つめた。

# 第四章

「だぁーから自習室に来りゃよかったんだよ」

俺から日曜日のことの顛末《てんまつ》を聞いた関家《せきや》さんは、あきれたように言った。

あのあと……。

俺は、月愛《るな》と二人きりになってから、たまたま気が向いて図書館で勉強することになったこと、そこで偶然黒瀬《くろせ》さんに遭遇したこと、月愛にはあとでそのことを報告しようと思っていたことを話した。彼女はきちんと聞いてくれたが、完全に納得してくれたかはわからない。予備校で黒瀬さんから逃げ回っていたことはかっこ悪すぎて言えていないので、不自然さがあるのは否《いな》めなかった。

「あんなに避けてたのに、なんで図書館で一緒にお勉強するかね？　大方、黒瀬さんにもまだ気があったんだろ。もう姉妹丼いっとくか？」

茶化してくる関家さんに対して、それどころでない俺はうなだれてペットボトルのピーチティーを飲んだ。先ほど自習室に行ったところ、関家さんが元気のない俺をラウンジへ誘い出し、俺たちはテーブルを囲んでお茶をしていた。

もう黒瀬さんにバレてしまったので、外へ出て行く必要はない。関家さんの後輩は、今日は現れる曜日ではないらしいので安心だ。前の約束を覚えていたのか、関家さんは自販機で飲み物を奢《おご》ってくれた。

「……俺、関家さんじゃないんで……」

俺の、時間差で力のないイヤミに、関家さんは心外そうに眉を顰《ひそ》める。

「お前、俺の何を知ってんだよ。俺の初めてのお付き合いなんて、それはそれは清らかなもんだったんだぞ。手を繋《つな》ぐのに一週間、キスするまでに一週間……」

「でも、そのあとハーレムルートに突入したんですよね？」

関家さんの高校時代の話はちょこちょこ聞いている。まだ全貌を知っているわけではないが、それで浪人するくらいだし、相当華やかな女性関係を楽しんでいた様子だ。

「ぐぬぬ……」

俺のツッコミが効いたらしく、関家さんは黙ってしまった。

いいなぁ、と思った。

俺なんか特にやましいことをしたわけでもないのに、彼女への罪悪感で悩んでいるというのに。

「……関家さんって、よく元カノたちから刺されたりしませんね」

「そりゃ上手《うま》くやってたから」

「へぇ……？」

俺なんて要領が悪いから、たとえモテてたところで、そんなに上手く遊べる気がしない。

感心していると、関家さんは「マジレスすると」と口を開いた。

「刺したいと思うほど想《おも》われてねーからな、たぶん。軽いノリで付き合える子とばっか遊んでたし」

な、なるほど……。

「それに、女の恋は上書き、上書きよ。今カレｏｒ好きピが一番。とっくに関係なくなった男のことをいつまでも想ってウジウジしてるような女、男の妄想の中にしかいねーよ」

「そ、そうなんですか……？」

それを聞いて思い出したのは、サバゲーの日の山名《やまな》さんの話だった。

──バカみたいだよね。中二のときに、たった二週間だけ付き合った男のこと、今でも忘れられないなんて。

「あ、でも知り合いに一人……」

山名さんを「友達」と呼んでいいのかわからなくて、その表現になった。

「何年も前に付き合ってた彼氏が忘れられなくて、ずっと次の恋に進めない、って女の子がいますけど」

俺が言うと、関家さんは面白くなさそうに腕組みする。

「あっそ。そりゃよっぽどいい男だったんだろうよ」

「いや、ヤバいくらい中二病だったみたいで。お経聴いてたとか」

「……まぁそんな時期だろ。みんな通る道だよ」

「お経が!?」

「試合前の集中力を高めるのにはよかったぞ」

「……じゃ、じゃあ、今も受験勉強の集中力を高めるために聴いてるんですか？」

「今聴いてたら、もう僧侶志望だろ」

そうツッコんで、関家さんは自嘲交じりの微苦笑をする。

「久々に思い出したわ、その黒歴史」

「……ま、まぁ、とにかく、その子は元カレのそういうとこがよかったんだとかで」

「ふーん……。爆発しろ」

その発言に並々ならぬイラつきを感じて、俺はふと疑問に思う。

「……関家さん、今は彼女いないんですか？」

いたらもっと他人の恋路に寛大だろうに……と思っていると、案の定関家さんは頷《うなず》く。

「ん。ぼちぼち連絡取る子はいるけど、彼女はな……。ってか、彼女作ってる場合じゃねーだろ。浪人生なんてそもそもモテねーし」

「はぁ」

「お前だって、浪人したら今の彼女にフラれるぞ。彼氏が浪人、彼女はキラキラ大学生活突入なんて、新歓でサークルの先輩に寝取られて、あっという間に終わりよ」

「…………」

経験談なのだとしたら気の毒だが、月愛に限ってそんなことは……と思う（そもそも月愛が進学するのかもわからないし）ものの、確かに受験に失敗するのはかっこ悪いし、多少はガッカリされるかもしれないと思うと、できれば避けたい気持ちだ。

「ま、フラれたときのために、次の彼女候補を繋ぎ止めておくのはいいと思うけど。姉妹ってのはまずいよなぁ」

「いや、だからそんなつもりはないって……」

「あ、噂《うわさ》をすれば」

そこで関家さんが見た方を振り返ると、黒瀬さんがセーラー服姿の友達数人とラウンジに入ってきた。

今までのクセで、ついビクッと身構えてしまう。

「……あの子、いつもT女の子たちといるよな」

「えっ……？」

「あのセーラー服はそうだろ」

関家さんに言われて、俺は彼に視線を戻す。

「他校の制服なんて、よく知ってますね」

「T女は有名だろ。お嬢様学校で偏差値高めだし、可愛《かわい》い子多いし」

「へぇ……」

有名なのか。お嬢様学校なんてとんと縁のない世界だし、まったく知らなかった。

「……あ」

関家さんが声を上げるので振り向くと、女の子の群れにいる黒瀬さんが、こちらをじっと見ていた。

目が合ったのを感じてちょっと頭を下げると、黒瀬さんはニコッと微笑んで、俺に小さく手を振った。

「……へぇ、なんかいい感じじゃん。まだヤマダに気があるだろ、あれは」

「えっ⁉」

とんでもないことを言われて、俺は狼狽《ろうばい》しながら関家さんを見る。

「ウソだ⁉ そ、それは困るんですけど……！」

「困る？ なんで？ ヤマダがしっかりしてればいいだけの話じゃん」

「いや、それはそうなんですけど……」

なんでこんなときだけ正論を言うのだ、この人は！

「だとしたって……」

黒瀬さんは超がつくほどの美少女なんだ。月愛だってそうだけど、月愛とは全然タイプが違う。しかも悪いことに、俺は本来、見た目だけなら黒瀬さんみたいな子がタイプなんだ。

もし、もしも万が一、この先またあの体育館倉庫のときのような誘惑を受けたら……俺は今度も、彼女の誘惑を撥《は》ね退《の》けられるのか？ この前だって、もう少しで踏み込んでしまいそうだったのに。

あんな可愛い女の子から何度も誘われて、それでも鋼の意思で貞操を守るなんて、そんなこと……。

「……関家さんには、できるんですか？」

「あ、俺はムリ。全然いっちゃう」

「えー……」

「いや、だからさ。俺は自分をよくわかってるから。だから別れたんだよ、初めての彼女と」

白い目で見る俺に、関家さんは慌てたように言った。

「……彼女とキスしたとき、思ったんだ。この子を大事にしたいって、心の底から。彼女とは一年間部活で一緒だったから、いいところも悪いところも、お互いよく知ってて。すごく居心地が良かったんだ。もしかしたら、一生一緒にいられる相手かもしれないって思った」

「だったら……」

別れずにその子と付き合っていればよかったのにと思う俺に対して、関家さんは続ける。

「でも、高校で陽キャ美少女たちにモテ始めて、これはまずいって思った。このままだと絶対誘惑に負けて二股、三股かけちゃって、サイテーな形で彼女を傷つけるって」

「だから、深入りする前に別れたんですか？」

「そういうこと。……彼女には申し訳なかったと思うけど」

その瞳が暗く澱《よど》んでいるのを見て、俺は尋ねた。

「後悔してるんですか？」

俺の気遣うような口調に気づいたのか、関家さんは取ってつけたように微笑を浮かべた。

「しないわけないだろ。一瞬でも、一生大事にしたいと思った女の子なんだから」

そう言って、軽く俯《うつむ》く。

「でも、浮気《うわき》とか、そういう形では傷つけたくなかったんだ。……すごくピュアな子だったから」

関家さんにこんなふうに想われている女の子は、一体どんな子なんだろう。ちょっと会ってみたい気がした。

「……でも」

ふと独り言のように、関家さんがつぶやく。

「もし今、高一からやり直せるなら……あのとき彼女を絶対にフッたりしない」

その真面目な面持ちは、いつも軽口ばかりの関家さんとは別人のようだった。

「人生で最初に好きになった女の子って、やっぱ特別だよ。なりゆきや経験則からの打算とかじゃなくて、本能で惹《ひ》きつけられた相手だから」

その言葉に、ドキッとした。

それは、俺にとっては、黒瀬さんのことだったから。

「彼女と別れたお陰で、いろんな可愛い子と付き合えたけど……それで気づいたのは、やっぱり最初の彼女が一番だったってこと。気づいたところで、もうどうしようもないのに」

　そうつぶやく関家さんの表情は、今まで見たことがないほど沈んでいた。

「……じゃあ、出家して僧侶になりますか？」

　いつもの関家さんに戻って欲しくてからかった俺の気持ちを、関家さんは汲《く》んでくれたようだ。

「もうお経は聴かねーって言ってんだろ」

　無理矢理のようにふざけてくれた彼を見て、いい人だなと思った。

「受験終わったら暴れるぜ」

「それでこそ令和のドン・ファン」

「おう任せろ……っ、俺のことなんだと思ってんだよ」

　笑いながらツッコんでくれた関家さんが、最後にボソッとつぶやいた言葉が、それからしばらく耳に残っていた。

「……ヤマダ、お前は後悔するなよ」

◇

二年先を生きている関家さんの今の姿は、二年後の俺かもしれない。

俺は、後悔はしたくない。

俺の初恋の人は黒瀬さんだけど、今付き合っていて、一生大事にしたいと思っているのは月愛だ。

月愛が一番。

月愛だけを大切にしよう。

そう思って、黒瀬さんのことは極力気にかけないように努めて、毎日を送ることにした。

季節は十月半ばになって、いい気候になってきた。スポーツの秋、到来だ。

とある日曜日、うちの高校でも体育祭が催された。

「ルナ〜！　速ーい！」

トラック外に設けられたクラス席から、女子の歓声が上がる。

クラス対抗リレーの選手になった月愛が、トラックを軽やかに駆けていた。

月愛は、足が速くて運動神経がいい。ラフに結った髪をなびかせ、体操服から伸びた長い脚を軽快に動かし、次の走者が待つゾーンに向かっていく。

「わぁっ！　頑張れルナー！」

月愛がうちのクラス席の前を通り過ぎて、一際《ひときわ》大きな歓声が上がる。

「きゃあっ、一人抜いたぁ！」

そのタイミングで、前を走る隣のクラスの走者を抜いた。

「ルナすごーい！」

「ちょー速い！」

三位だったうちのクラスは、月愛のおかげで二位になってゴールした。

「お疲れ、ルナー！」

帰ってきた月愛が、女子たちに労《ねぎら》われている。

クラス席に座って、俺はその光景を遠目に見ていた。

「すげーな、お前の彼女」

隣に座っているイッチーに言われて、俺は頷く。

「うん……」

月愛はすごい。まさに陽キャだ。そんな女の子が俺の彼女なんだ……と考えると、今さらだけど不思議な気持ちになる。

俺も、運動がてんでダメというわけではない。中の中か、せいぜい中の下くらいには入っていると思う。でも、高二にもなると、本当に運動できるやつはプロ級にできるし、それほどではなくても、運動部で毎日汗を流している連中には到底敵《かな》わない。

だからこそ余計に、同じ帰宅部の月愛の身体能力には驚きだ。

「あ、谷北《たにきた》さんだ」

ふと、イッチーが声を上げた。

トラックではいつの間にか次のプログラムが始まっていて、チアガール姿の谷北さんが、他の女子たちと一緒に流行《はや》りの歌で踊っていた。どうやら今は応援合戦らしい。

「谷北さん、可愛いよなぁ……」

「そうだね」

なんとなく相槌《あいづち》を打ったら、イッチーが鬼の形相で俺を振り向いた。

「お前、白河《しらかわ》さんというものがありながら、谷北さんのことも狙ってるのか?」

「ま、まさか。何言ってんだよ」

慌てて否定する俺を、イッチーは疑い深げに見る。

「カッシーには、黒瀬さんの前科があるからなぁ……」

前科とは、抱き合った写真が出回ったときのことだろう。

「だからあれは誤解だって……」

俺が抗議しようとすると、チアガールの方を見ていたイッチーが「あ」と声を上げた。

「てか、黒瀬さんもいるんだ」

「……本当だ」

みんなとおそろいのチア服を着て、おそろいのリボンを髪につけて、黒瀬さんが踊っていた。その整った顔には、控えめな笑みが湛《たた》えられている。

応援団は、応援合戦以外にもいろんな競技で出番があって、事前練習も多いので、部活が忙しい生徒や、月愛のように選抜で多数の競技に出場する生徒はなることができない。運動会についてのロング・ホームルームでは、定員まで集まらなかった記憶がある。

あとから申し出て、参加を希望したのだろうか？　文化祭実行委員といい、黒瀬さんなりに学校に馴染《なじ》めるように努力しているのかもしれない。

図書館で話したときのことや、予備校での楽しそうな様子を思い出すと、黒瀬さんに対して以前とは違う感情が湧き出る。

前に彼女が月愛にしたことは許しがたいけれども、黒瀬さんは黒瀬さんで、幸せになって欲しい。

他でもない、月愛の妹なんだから。

「こうして見ると、うちのクラスの女子ってレベル高いよな〜。黒瀬さんも、やっぱ可愛《かわい》いわ」

「…………」

さっきの教訓も踏まえて、今度はイッチーの言葉に相槌を打たなかった。

いや、打てなかったのかもしれない。

――へぇ、なんかいい感じじゃん。まだヤマダに気があるだろ、あれは。

関家さんが、あんなこと言うからだ。女性経験豊富な彼が言うのなら、そうなのかもしれないと思ってしまう。

「リュート！」

そのとき、月愛の声ではっとした。振り向くと、月愛がすぐ傍《そば》に立っている。

「ねぇねぇ、お昼食べよ……？」

「えっ？　……うっ、うん？」

気がつくと、応援合戦はもう終わっていた。トラックには誰もいない。午前中のプログラムが終了したらしい。

隣のイッチーが「どぞどぞー」と荷物を抱えてそそくさと退席していった。

「……伊地知《いじち》くんって、女の子嫌いなのかな？」

そんなイッチーを見て月愛がつぶやくので、俺は驚いた。

「えっ⁉　いや……そ、そんなことないよ」

むしろ大好きだと思います……というのは、心の中でつけ加える。

「そ？　ならいいんだけど。アカリも言ってたんだよねー。装飾係のときに話しかけても、なかなか会話が続かなくて、仲良くなれないって」

「あぁー……」

イッチーの大馬鹿野郎！　せっかく谷北さんが話しかけてくれてるのに、何をしてるんだ……！

いや、気持ちはわかる、わかるだけに辛《つら》い……。

「……シャイなんだよ。悪気はないから」

「そーなんだ。アカリにも言っとく」

そう言いながら、月愛はイッチーがいた場所に座った。

運動会のお昼は、各自自由に食べていいことになっている。教室に引っ込む生徒もいるし、応援席のブルーシートで家族と食べるのも可だ。

保護者用の応援席は、クラス席と同様トラックの外周に設けられている。保護者席は空《す》いていて、家族が来ている生徒は、体感だと半分以下だと思う。俺も、大した見せ場もないし、恥ずかしいから来なくていいと親に言ってあった。イッチーやニッシーもそうだし、陰キャの傾向かもしれない。

「おとーさんひどいよねー。急な出張とか言って。あたし、楽しみにしてたのに」

月愛のお父さんは、来るつもりだったのが直前に来られなくなったようだ。

「でも、おとーさんの分作らなくてよくなって、助かったけど……半分くらい失敗しちゃったから、やっぱり行くって言われたらピンチだったぁ」

そう言って笑いながら、月愛は持ってきたバッグからお弁当箱を取り出した。二、三人用と思われる大きさの二段重ねのものだ。

「はい、どーぞ♡」

「おぉ……！」

月愛には事前に「リュートのお弁当、あたしが作るから！」と言われていたが、こうして実物を見ると、涙が出そうに感動してしまう。

「あ、ありがとう！　すげー……」

嬉《うれ》しい……！　天にも昇りそうな気持ちとはこのことだ。

ニヤけて顔面崩壊が起こりかけて、はっとする。

陰キャのくせに、白河月愛の手作り弁当に浮かれていい気になっている……と思われたら恥ずかしい。

クラス席は、大きなブルーシートを広げただけで椅子などはなく、みんな自由に座っている。辺りを見回すと、校舎へ入った生徒も多いらしく、間隔を空けてゆったり座った級友たちの中に、俺たちを気にするそぶりの者はいなくて、ほっとした。

「ほらぁ、開けてみて！」

月愛は、なぜか正座でかしこまった姿勢で、目の前に置いたお弁当箱をずいっと俺の前に押し出す。

そんな月愛を見て、改めて可愛い……と思う。

体操服の月愛も、抜群に美少女だった。明るい色の髪に巻かれたクラスカラーの青いハチマキといい、名札のついた体操服を押し上げる、ふくよかな膨らみといい、体操服の月愛から受けるチグハグな印象は、そのまま月愛の外見の派手さと内面の純粋さを表しているようで愛《いと》おしい。クラスカラーの青色に塗られたネイルはいつもより短く、ピアスも地味な一粒タイプで、彼女なりの運動会に対する本気度が伝わってくる。

「ほらぁ、早く！」

「う、うん。では……」

月愛に急《せ》かされて、俺は弁当の蓋に手をかけた。上野の動物園で初めて食べた彼女の手作り弁当は、オムライスが無惨《むざん》に偏っていたっけ……となつかしく思いながら開けると。

「おおっ！　美味《おい》しそう！」

予想以上の美しさに、驚きの声が出た。

今日のお弁当は偏っていなかった。十字の仕切りがついていて、その中におかずがぎっしり詰まっているためだろう。唐揚げや卵焼き、タコさんウィンナーといった定番のメニューに、彩《いろど》り担当のミニトマトやブロッコリーがバランスよく配置されていた。

「ありがとう、月愛……」

感激して礼を言うと、月愛は嬉しそうに微笑《ほほえ》む。

「わぁ、よかったぁ！　偏ってない！」

彼女もそれを気にしていたらしい。

「今回はおばあちゃんに作り方教わって、リハしたんだぁ」

「そうなんだ……ありがとう」

あの白河月愛が、陰キャなモブ男の俺のためにそんなことを……と付き合う前のことを思い出すと、感動もひとしおだ。

「でもね、タコさんウィンナーだけヤバいの。見て」

「ん？」

「エイリアンじゃない？　これ」

月愛に言われてタコさんウィンナーを見ると、確かにみんな足が開かずにダラーンとしている。

「キモいよね、ごめぇーん……」

ぴえん顔でタコを一つ摘《つま》んで見せてくる月愛に、俺は男を見せようと鷹揚《おうよう》に微笑む。

「……あ、足が長いのかな？　モデル体型なんだね、きっと」

「そっかぁ。切り込み入れすぎたのかな」

唇を尖《とが》らせてつぶやいた月愛は、そこで両手の拳を握る。

「せっかくお弁当リベンジできたと思ったけど……タコさんウィンナーだけは、次にまたリベンジするっ！」

次……！

次もまた、何かの機会でお弁当を作ってくれるつもりなんだ。

そう考えてジーンと幸福を噛《か》み締める俺に、月愛が微笑みかける。

「ほら、リュート！　早く食べてよぉ」

「あっ、ごめん。感動を噛み締めてて……」

「って食べたらマズイかもしれないじゃん！　ハードル上げないで〜！」

「大丈夫だよ、マズくても息止めて全部食べるし」

「ってマズイの前提⁉」

「ち、違うって！」

笑って言い合いながら、俺たちは弁当を食べ始めた。

月愛の手作り弁当は、息を止めて食べる必要もなく、見た目通り美味しかった。

「……うん、美味しいよ！」

「マジ？　やったぁー！」

そうして二人でお弁当を食べ進め、二段目のおにぎりを食べているときだった。

月愛が急に、俺の顔をじっと見つめた。

「……あ、リュート」

「う、うん？　何？」

「海苔《のり》ついてるー！」

笑いながら、月愛が俺の顔に手を伸ばしてくる。

「えっ、えっ……!?」

「ほら～！」

唇に触れられて、ドキッとした。海苔のかけらを取って見せてくれた月愛は、その指先を自分の口元に持っていって、パクッと食《は》む。

「えへへ」

いたずら小僧のような顔で笑いかけてくる月愛を見て、顔がカァッと熱くなった。

「っ……し、白河さんっ！」

秋晴れの空の下、クラスメイトの目を気にしつつ叫ぶ俺に、月愛は明るく微笑みかけた。

「ごちそうさまっ！」

◇

午後の競技でも、月愛は大活躍だった。

障害物競走を一着でゴールし、女子騎馬戦も、山名さんが先頭を務める騎馬の上で帽子を取りまくった。

そして、借り物競走のときだった。

例によって直線トラックをダントツの速さで飛び出した月愛は、一番に借り物のお題カードを拾った。

「………………！」

カードを読む月愛の頬が、ポッと染まる。

なんのお題だろう？

そう思って見ていると、顔を上げてキョロキョロした月愛と、目が合った気がした。かと思うと、彼女はなんと、トラックを横断して、こちらにまっすぐ走ってくる。

目が合っていたのは気のせいではないらしく、近づいてきた彼女は俺に向かって叫んだ。

「リュート！　来て！」

お、俺⁉

困惑しながらクラス席を立って、トラックの方へ移動する。

そこでやってきた月愛が俺の手を取って、俺たちは一緒に走り出した。

トラックに戻って、お題カードの位置からゴールへと向かう。

手近なところでお題を調達できた生徒もいたらしく、ゴールを目がけ、月愛を含めて三人の女子がほぼ同時に出発した。三人の中で、月愛が少し出遅れた。

「全力で行くよっ！」

手を繋《つな》いだ月愛が、俺に言う。

「うん……！」

俺たちは、手を繋いだまま走った。

お題が「校長先生」だったらしく、高齢の校長先生を連れて走っている生徒を、まずは抜いた。

残るは、数メートル前を、赤いハチマキを握って走っている生徒だ。彼女を抜いたら一着になれる。

本気の月愛は、本当に速かった。

いくら速くても女子だからと思っていたが、少しでも足を緩めると先に行かれそうになる。

置いていかれたくない、と強く思った。

このスポーツカーのような女の子に。

俺より一足早く、大人になってしまった彼女に。

一緒に走りたい、この先も。

走り続けたい。

この手を離さない。

絶対に……！

そんな思いで、必死に足を動かし続けた。

「頑張れっ、もう少し！」

クラス席から級友の声援が聞こえてくる。

「ルナーッ！」

「加島《かしま》くーん！」

一度も話したことのないクラスメイトも、俺の名前を呼んでくれている。

みんなが俺たちを応援してくれている気がした。


頑張れ、頑張れ！

もう少し、あと少し。

この焦《あせ》りも、罪悪感も、みんな乗り越えてたどり着いた先には、きっと幸せな二人の未来が待っているから。

だから──。


「「頑張れ───っ！」」

ひときわ大きな声援を受けて、月愛と俺は一位に躍り出た。

そして、ゴールテープを切った。

◇

「はぁっ、はぁっ……やったね、リュート」

手を離して、自分の膝に両手をついて、月愛が上目遣いに俺を見て微笑む。小刻みな荒い吐息がセクシーだ。

「……だね……。おめでと……し、白河さん」

俺もまだゼーゼーしている。息が整わない。午前中に自分が出場した徒競走より、本気で走った気がする。

「えへへ……二人のしょーりだよ」

と、月愛が甘えたような笑顔を見せる。

「リュートと走れて、よかったぁ……」

月愛のお題は「好きな人」だった。ゴール後に読み上げられたとき、会場中に「ヒュー」と冷やかしの声が響き渡った。

今もまだ、周囲の人々がニヤニヤ見守っている気がする。顔が熱いのは、心臓がドキドキしているのは、全力疾走のせいだけではなさそうだった。

「……でも、『好きな人』って、恋愛的な意味じゃなくてもよかったんじゃない？　山名さんとか、谷北さんとかでも」

谷北さんだったら応援団としてトラック内にいたから、俺を連れてくるより早くコースに戻れただろう。楽勝で一位になれたはずだ。

「え……？　あ、そっかぁ」

月愛は、思ってもみなかったことを言われたように、面食《めんく》らった顔をした。

「でも、『好きな人』って文字を見た瞬間、リュートの顔が浮かんできて……」

と、月愛は頬を赤らめて俺を見る。

「家族より友達より……リュートが思い浮かんだんだよ、あたしの中で、一番に」

「……白河さん……」

温かい気持ちが流れ込んできて、胸がいっぱいになってしまう。

そこで、息の整った月愛が膝から手を離し、俺に一歩近づいた。

「……ね、リュート」

「パンフレット係もがんばろーね」

「あぁ、うん……」

彼女の表情の中に、ほんの少し翳《かげ》りが見えたのを察して、俺は口を開いた。

「図書館のときのことは、ほんとごめん……。今度から、黒瀬さんとか、女の子に会ったら、その場で連絡するから……」

俺が言うと、月愛は「ううん」と首を振る。

「そこまでしなくていいよ。……リュートのことは信じてるから」

そう言って、月愛は俺の手を取った。

「……！」

周りの目を気にしながらも、俺もおずおずと、彼女のやわらかな手を握り返す。

俺たちは大丈夫だ。

だって、こんなにお互い想《おも》い合ってる。

そう信じて、強く、固く。

◇

その後も運動会は順調に進んで、いよいよ最後の競技、学年対抗リレーの番になった。

各クラス男女一名ずつの代表者が出場して、他学年との順位を競う競技だ。一年生が勝つことは滅多にないが、三年生は受験勉強で体力が落ちていることもあって、近年は二年生が勝利することが多いらしい。

月愛は、ここでもやはり代表に選ばれていた。陸上部に入っていないのがつくづくもったいない。

バトンゾーン近くの待機列で手首足首を回して準備運動している彼女を、俺はクラス席から惚《ほ》れ惚《ぼ》れと見ていた。

かっこいい。

あんなに可愛《かわい》いのに、今はかっこよく見える。

本当に、俺にはもったいないほどの、自慢の彼女だ。

そうしみじみ思って彼女に見惚《みと》れつつ、競技の開始を待っていたときだった。

「ねえねえ、あれって、ルナのお母さんかな？」

「だよね⁉　あたしも思ってたー！　そっくり！」

近くにいたクラスの陽キャ女子たちの会話で、俺は「えっ⁉」とそちらを見た。

彼女たちが見ていたのは、クラス席に隣接する保護者応援席だ。その辺りを目を凝らして見て、はっとした。

たぶん、月愛を知っている人なら、誰もが彼女の血縁者だと思うだろう。月愛によく似た女性が、トラックの方を見て立っていた。

月愛よりも落ち着いた色の、長い茶髪をラフにまとめ、大振りの輪っかが揺れるピアスをしている。月愛には少し歳《とし》の離れたお姉さんがいるが、応援席にいる女性は雰囲気からアラフォーくらいに見えるので、お母さんで間違いないだろう。

先ほど来たばかりなのか、応援席のブルーシートに座っている人たちの後ろに立って、彼女は一人でリレーのトラックを眺めていた。

月愛のお母さんを見るのは初めてだ……と考えて、ドキッとした。

月愛のお母さん。ということは……黒瀬さんが一緒に暮らしているお母さんだ。

「ねえねえ、ご挨拶しよーよ」

「うん、そだね！」

陽キャ女子たちが、きゃあきゃあと連れ立って、応援席の方へ向かった。

「すいませーん！」

「ルナのお母さんですよねー!?」

耳を澄ませなくてもこちらまでよく通るはしゃいだ声で、女子たちが女性に話しかける。

女性は振り向いた。目が合ったような気がしてドキッとするが、彼女が見ているのは話しかけてきた女子たちだ。

「うん、そうだよー？　あと海《まり》……」

にこやかに答えた女性の言葉を遮って、女子たちが飛び上がる。

「きゃーっ！　やっぱそうだ！」

「めっちゃキレイですね！」

「美魔女ー！」

「や、美魔女は失礼だって！」

「マジ⁉　ごめんなさい！　でもマジでめちゃめちゃ美女じゃん！」

「ルナも大人になったらこうなるんだー⁉」

「いいな～永遠に美女じゃん！」

テンションの高い女子たちを、月愛のお母さんは苦笑気味に笑って見ている。

「あっ、始まる！」

そこで女子の一人が、トラックの様子に気づいて叫んだ。同時にパァンとピストルが鳴って、最初の選手が走り出す。

月愛は第二走者なので、スタート地点と反対側……俺たちの応援席に近いバトン受け渡しゾーンに立っていた。

「ルナ、頑張れー！」

女子たちが叫んで、月愛がそちらに手を振る。

そして、はっとした顔になった。お母さんを見つけたのだろう。

「ルナー！　お母さんも応援してるよー！」

「頑張ってー！」

女子たちがキャピキャピと声をかけるのに合わせて、月愛のお母さんも娘に手を振る。

「月愛ー、頑張れーー！」

それを見た月愛の顔が、ぱぁっと明るくなった。

「うん、頑張る！」

そこへ第一走者が走ってきて、月愛はバトンを受け取って走り出した。

「月愛ーー！」

月愛のお母さんは、月愛を応援している。そして、ふと視線をずらして、トラックの内側へ向けて手を振った。

そこには、応援団の黒瀬さんがいた。黒瀬さんはこちらに背を向ける格好で、トラックを走る生徒たちに大きな旗を振っていた。

「海愛《まりあ》も、頑張れーー！」

それを聞いて、まだ傍《そば》にいた女子たちが驚く。

「『まりあ』って……黒瀬さんのこと？」

「黒瀬さん、知ってるんですかー？」

「えっ……？」

月愛のお母さんは、戸惑って彼女たちを見ていたが、何かを察したようだ。

「……ん、ちょっとね」

そして、それから黒瀬さんに声をかけることはなかった。

「………」

大きな旗を振る小さな背中が、いつにも増して華奢《きゃしゃ》に見えた。

お母さんの声援のおかげか、月愛は三年を抜いて、一位でバトンを次の走者へ渡した。

その後、一度逆転されたが、アンカーが抜き返して、今年の学年対抗リレーは二年の勝利で終わった。

「おかーさん！」

選手退場のあと、月愛は一目散にお母さんの元へやってきた。

「来てたの⁉」

「うん。午後休取れたから、騎馬戦から見てたよー。すごいねー、月愛」

そう言うと、お母さんは月愛の頭に手を乗せた。

「すごい、すごい」

掌《てのひら》でぐるぐるっと頭を撫《な》でると、両手で月愛の頬を包み込んで、ニッコリ微笑《ほほえ》む。まるで小さい子にするような愛撫《あいぶ》に、月愛はちょっと頬を赤らめて、嬉《うれ》しそうに笑った。

「えへへ」

そして、ふと、こちらを見る。

「ねぇ、おかーさん。紹介したい人がいるんだけど……」

そう言うと、月愛は俺を手招きした。

「リュートー！　来てー！」

「……！」

来た。

俺も挨拶しに行かねばとは思っていたが、急なことで一気に心臓がバクバクする。

もつれがちな足で向かっていくと、月愛が嬉しそうに俺とお母さんを交互に見た。

「あたしの彼氏、加島龍斗《りゅうと》くん」

「知ってるぅー。借り物競走見てたから」

お母さんは照れ臭そうに笑いながら、照れ隠しのような大きな声で言った。

「いーわね、若いってー。見てるこっちが恥ずかしかったぁ」

俺はどんな顔をしていいかわからず、むやみにペコペコしていた。

そんな俺に、月愛のお母さんは改まった笑顔を向ける。

「ふつつかな娘だけど、よろしくね」

ふわっと心が温かくなるような、不思議な魅力のある笑顔だった。夏に海の家でお世話になった真生《まお》さんを思い出した。

「……いえっ、あっ、は、はい……こっ、こちらこそ……っ！」

しどろもどろになる俺を見て、月愛のお母さんがほほえましげに笑む。

月愛の太陽のようなあったかさと人懐《ひとなつ》っこさは、きっとお母さん譲りなのだろうなと思った。

そのとき、俺たちの近くを応援団の生徒たちが通っていった。

「……ねぇ、月愛」

それを見て、月愛のお母さんが声を潜める。

「うん？　なに、おかーさん」

だが、周りの様子を見て思い直したのか、首を振った。

「……ううん、なんでもない」

「えーなにー？　気になるじゃん、おかーさーん！」

月愛が甘えたような声を上げて笑う。

だが、そんなとき、俺は見てしまった。

近くを通る応援団の中にいた黒瀬さんが、今にも泣きそうな顔をしていたのを。そして、そっと仲間の群れから外れ、一人校舎の方へ足早に行くのを。

「…………」

月愛とお母さんには、角度的に見えていないだろう。

俺だけが、見てしまった。

見てしまったら、放っておけなかった。

「ルーナー！　閉会式行こー！」

陽キャ女子に呼ばれて、月愛は去り、俺も彼女のお母さんの元を辞した。

それから、校舎に向かった。

◇

クラスの教室に、黒瀬さんはいなかった。

どこへ行ったのだろう……と考えて、思いついたのは、屋上へ続く階段だった。

以前、月愛の悪い噂《うわさ》を流した黒瀬さんと教室で言い合いになったあと、彼女が逃げた場所だ。

そこにも彼女はいなかったが、屋上へのドアが開いていた。いつもは施錠《せじょう》されているのだが、今日は学校カメラマンが競技を上から撮るために開放していたのだろう。

果たして、屋上に黒瀬さんはいた。

背丈の倍ほどあるフェンスにつかまって、こちらに背を向けて立っている黒瀬さんに、俺は近づいた。

「……お母さんに、言ってなかったの？　白河さんとの関係をみんなに言ってないって」

俺の言葉に、黒瀬さんは驚いたように勢いよく振り向いた。

その目は真っ赤で、濡《ぬ》れていた。

「……言えるわけないじゃない。くだらない意地悪したせいで、姉妹だって明かせなくなったなんて、みっともない」

不貞腐《ふてくさ》れた顔で、彼女はつぶやいた。

「……わたしのお母さんなのに」

その声は、力なく震えている。

「わたしがお知らせのプリントを渡して、わたしが『来れる？』って訊《き》いて……わたしを応援するために来てくれたお母さんなのに」

前に話を聞いたときには、黒瀬さんは、大好きなお父さんと離婚する決断を下したお母さんを恨んでいるのだと思っていた。

でも、ちゃんと好きだったんだ、お母さんのこと。こんなふうになってしまうくらい。

「……二人のお母さんだよ。黒瀬さんと、白河さんの。……お姉さんも入れて、三人の」

だが俺の言葉に耳を貸してくれる様子はなく、黒瀬さんは俯《うつむ》く。

「月愛はなんでも持ってるのに。お父さんも、友達も、彼氏も……。それなのに、お母さんまで奪っていっちゃう」

「そんなこと……」

「なんでここに来たの、加島くん」

顔を上げた黒瀬さんの赤い目から、涙が一筋零《こぼ》れた。

「あ、えっと……黒瀬さんが校舎に行くのが見えたから……」

黒瀬さんの泣き顔に動揺していると、彼女の顔つきが険しくなる。

「ほっといてよ。月愛の彼氏の慰めはいらないって、前にも言ったじゃない」

「だ、だけど……」

「もう行ってよ。わたしのことなんてどうでもいいでしょ?」

黒瀬さんのまなざしは真《ま》っ直《す》ぐだった。

「どうでもよくないよ」

俺の言葉に、黒瀬さんの瞳が小刻みに揺れる。

「……わたしが、月愛の妹だから?」

「……それも、あるし……仲間だから」

「パンフレット係の？」

「う、うん」

俺はなぜか焦《あせ》っていた。

「それに、クラスメイトで……」

「好きなの」

叩《たた》きつけるような黒瀬さんの声に、俺は言葉を失った。

「加島くんのこと、まだ好きなの。だから、これ以上好きにさせないでよ」

悲痛な表情に怒りすら滲《にじ》ませて、黒瀬さんは泣いていた。

「……困るでしょ？　だからもう行って」

何も言えない俺を見て、黒瀬さんは嘲るような微笑を浮かべる。

それでも、俺は行く気になれない。こんなに傷ついている彼女を置いていくなんて、そんなこと……。

強気に振る舞っていても、本当の黒瀬さんを知ってしまった気がするから。

本当は、みんなに愛されるべき女の子なんだ。月愛のように。

ささいなボタンのかけ違いで、一人ぼっちになってしまった彼女がかわいそうで。

今ここで俺まで立ち去ってしまったら……彼女はどんなに孤独な気持ちになるだろう。

クラスメイトとして……人として、そんなことはできない気がした。

動こうとしない俺を見て、黒瀬さんの目に再び涙が浮かぶ。

「行かなかったら、わたし……加島くんのこと、諦めないから」

そして、怒ったように言った。

「それでもいいの⁉」

「………」

答えられなかった。

彼女に気を持たせたいわけではない。

ないけど……見捨てることも、できない。

「行ってってばぁ……」

黒瀬さんの表情がクシャッと歪《ゆが》む。そのままその場に泣き崩れた彼女に、思わず駆け寄った。

「黒瀬さん……！」

俺も体操服だから、ハンカチやティッシュなんかは持っていない。

何か涙を拭くもの……今ここで上半身裸になって体操服を渡されても困るよな？　と全

身をまさぐってあたふたしていると。

「……ふふっ」

聞こえてきた笑い声に顔を向けると、目の前の黒瀬さんが笑っていた。

涙に濡れた顔に、黒髪がいくつも筋になって張りついている。それでもなお、彼女は美少女だった。

「……加島くんって、優しすぎ」

その頬がピンク色に染まって、やわらかな笑みを湛《たた》える。

そんな彼女を見て、はっとした。

「あっ、黒瀬さん、あの、俺……！」

「——行かなかったら、わたし……加島くんのこと、諦めないから。それでもいいの⁉」

あんなことを言われたのに、俺はまだここにいる。

期待させてしまったら申し訳ない。

俺は月愛と別れる気なんてないのに。

でも、なんと言っていいかわからなくてまごまごしていると、黒瀬さんは再び自嘲めいた微笑を見せる。

「……わかってるから。加島くんの気持ちは。何度もフラないでよ」

その表情には、哀愁のようなものが漂っている。

かと思うと、黒瀬さんは急に真面目な面持ちになった。

「これは、わたしの気持ちの問題なの」

何かを宣言するかのように、彼女はきっぱり口にした。

「誰を好きになるか、誰を好きでいるか……それはわたしが決めること。わたしの心は、わたしの自由でしょ？」

そう言うと、彼女は俺に微笑《ほほえ》みかける。

「わたしが、勝手に好きなだけ」

凛《りん》とした花のような、気高さすら感じる笑顔だった。

「……ただそれだけだから」

膝を抱えてつぶやいた黒瀬さんの目は、もう濡れていない。

顔に張りついた黒髪をかき上げて青空を見上げる彼女は、かつて俺が恋していたときより、ずっと綺麗《きれい》だった。

◇

体育祭が終わると、校内は一気に文化祭ムードになった。

準備が大詰めに差し掛かる中、いよいよ決断しなければならないことがあった。

「表紙の案ですが、お二人の意見を反映して、二パターン作ってきました」

ミーティングルームでの、パンフレット係の打ち合わせで、印刷会社のお姉さんが二枚の紙を取り出した。

俺たちは本作りの素人《しろうと》なので、パンフレット制作に当たってのデザインなどは、印刷所の人に全面的にお世話になっている。前に、月愛と黒瀬さんが提案した「ピンクでキラキラ」と「モノトーンで洗練された」デザインの二案のサンプルが、目の前に用意されていた。

「わぁっ、可愛《かわい》い！　やっぱりこれにしよーよ！」

月愛が手に取ったサンプルは、ピンク色にラメが入った華やかな紙に、華奢《きゃしゃ》な書体の文字がシルバー箔《はく》で印刷されていた。端の方に蝶《ちょう》のデザインも描かれていて、男が手に取るにはかなり抵抗がある。

「それは自分の好みだからでしょ？　万人受けするのは絶対こっちよ。オシャレだし」

黒瀬さんが手に取ったサンプルは、まさに大理石のような高級感のあるマーブル模様のモノトーン地に、ゴールド箔で印字されている。書体も細めのゴシック様式で、いかにも洗練されたデザインという感じだ。

「どちらも素敵なものを作ってきていただいたけど、もう迷ってる時間はないわ。今日には決めないと」

パンフレット係の先生が、平行線をたどる二人を見て言った。

「うーん、私が高校生だったら、こっちの方が可愛くて、テンション上がりますけどね」

印刷所のお姉さんが、月愛が推している方のサンプルを指す。

「でも、女子校じゃないんだから。男子や保護者受けを考えたら断然こっちよね」

先生が、黒瀬さんの方の肩を持つ。

ここまで二対二。

まずい、まずいぞ……。

そう思って焦る俺と、先生の目が合った。

「加島くんはどう思うの？　男子の代表でもあるし、はっきり言った方がいいわよ」

なんてことだ……。

「……そっ、そうですね……」

月愛と黒瀬さんが俺を見ている。二人とも不安げな、眉を顰《ひそ》めがちな顔つきだ。

そうだよな。たぶん、俺の意見で表紙が決まるんだから。

「えっと……」

本音を言えば、俺が支持したいのは黒瀬さんの方だ。

でも、そんなこと言えるか？

この前だって、図書館の帰りに黒瀬さんの家の前で月愛と鉢合わせしてしまって、気まずくなったばかりなのに。

「…………」

やっぱりダメだ。ここで、たとえ表紙の話だとしたって、黒瀬さんを選ぶことなんてできない。

「……こ、今回の文化祭はですね、テーマが『For the future』ですから……未来はバラ色って感じの……」

く、苦しい。

でも、なんとかしてピンクのキラキラを推す方向に持っていかねば。

そう思って、こじつけの理由を続けようとしたときだった。

「……もういいよ、リュート」

静かな声で、月愛が言った。

月愛は、沈鬱な表情で俺を見つめていた。

「ほんとのこと言って。……あたし、リュートを嘘《うそ》つきにしたくない」

それを聞いて、はっとした。

──嘘つきがこの口に手を入れると、手を食いちぎられるんだよ。

──じゃあ、リュートは安心だね。リュートは『ザ・ラストマン』だから。

ヴィーナスフォートで言われたことを思い出したからだ。

「……それで、どうなの、加島くん？」

先生が、怪訝《けげん》な顔で尋ねてくる。うちの学年の担任ではないので、俺と月愛の関係を知らないのかもしれない。

「…………」

声が出なかった。

そんなこと、絶対にあっちゃいけないのに。

月愛じゃなくて黒瀬さんを選ぶなんて。

でも……。

月愛が、祈るような顔で俺を見つめている。

──あたし、リュートを嘘つきにしたくない。

彼女の声が、耳の奥でずっと反響している。

「……俺は……」

黒瀬さんは、俯《うつむ》いて肩を落としている。

そんな彼女を極力見ないようにして、俺は言った。

「……自分が持つなら、モノトーンのがいい、です……」

しばらくの間、その場にいる誰の顔も見られなかった。

月愛が、ふうっと大きく息を吐くのが聞こえてきた。

◇

その日の帰り道、俺と月愛は無言でA駅から白河家への道のりを歩いていた。

朝からの曇天は、夕方になってとうとう崩れ始めた。しとしとと梅雨の再来のような雨が降る中を、月愛と二人、それぞれの傘をさして歩いている。

どうして傘を持ってきてしまったんだろうと後悔した。傘の分だけ離れた彼女との距離が、そのまま心の距離を表しているような気がする。

パンフレットの表紙は、黒瀬さんが提案した方に決まった。

月愛に合わせる顔がない。

地面を踏みしめるたびに水滴が飛び散る靴の爪先を見つめながら、俺はただ黙々と歩いていた。

「……最近、思ってたんだけど」

月愛が何か言い出したので隣を見るが、彼女は俺ではなく自分の足元を見ていた。

「リュートはさ……あたしより、海愛との方が合ってるよね」

「何言って……」

言い返そうとする俺を、月愛がようやく顧みる。

「だってそうじゃん。パンフレットの表紙の趣味も一緒だし、ゲーム実況？　とか、あたしより海愛との方が、共通点多いでしょ」

「パンフレットのことは、ごめん。月愛の味方をしたかったんだけど……」

「いいよ、そんなの。嘘で味方されても嬉《うれ》しくないもん」

月愛の顔も口調も、怒っているわけではない。ただひたすら、悲しげだった。

「……リュートのこと、最初はあたしと全然違う人だから面白いなって思ったけど」

そう言って、彼女は俯く。

「好きになればなるほど、自分とは全然違うタイプの人なんだって思い知らされて、不安になるんだよ」

「そんな……」

「あたしでいいのかなって。このままのあたしで、ずっと一緒にいられるのかな……ずっと愛してもらえるのかなって」

「そんなの……」

当たり前じゃないか。

違うのは最初からわかっていた。それでも、一緒にいたいと思ってるんだ。

だが、俺の言葉を待たずに、月愛は思いを凝らした顔で次々語る。

「リュートだって、そのうち引くかもしれないよ。あたしギャルだから、ギャルがやるようなことは一通りやりたいし。行きたい場所も、やりたいことも、リュートには興味のないものばっかかでしょ？」

「そんなこと……タピオカは俺も好きだし……」

「タピオカくらいじゃん！」

もどかしそうに、月愛が語気を強める。かと思うと、しゅんとしてつぶやいた。

「……タピオカは、海愛だって好きだよ……きっと……」

「………」

はっとして、そうか、と思った。

——ほら、あたしたち、食の好みは一緒だったじゃん？　だから、海愛もきっと好きだと思って……。

黒瀬さんを送って鉢合わせたとき、月愛がクロッフルを手に言ったことを思い出した。

沈黙する俺に、月愛はうなだれてつぶやく。

「……リュートは、海愛と付き合った方が幸せなのかも」

「だから、何言って……」

「だって昔好きだったんでしょ？　もし、あたしがいなかったら、今頃海愛と付き合ってたかもしれないじゃん」

「でも、そんな『もし』はなかったんだよ」

眉根を寄せて訴える月愛に、俺は言い返した。

「たらればの話より……目の前にある現実の方が、大事だよ」

「でも、現実に今、海愛はうちらの目の前にいるじゃん！　毎日！」

そこでひときわ強く言い放った月愛は、すぐに思い直したように肩を落とす。

「……二人が惹《ひ》かれ合ってるのに、気づかないフリしてリュートと付き合い続けるなんて……そんなことできるほど、あたし、ノーテンキじゃない」

そう言って、月愛は再び俺を見た。

「運動会の閉会式のとき、海愛と一緒にいたでしょ」

「…………」

一瞬、息が止まった。

あの屋上でのことは、月愛には言っていない。黒瀬さんは、みんなの前でお母さんと仲良くしている月愛を見て、疎外感を覚えた。そんな彼女をフォローしに行ったなんて、月愛の行動を責めているみたいだと思ったからだ。

屋上には誰もいないと思っていたけど、誰かに見られていたのだろうか……と息を呑《の》んだ俺を見て、月愛の顔が険しくなる。

「……やっぱ、そうだったんだ」

はっとした。

誰かから聞いたわけじゃなくて、俺たち二人がいなかったから、そう思っただけなのか。

「いや、あれは……黒瀬さんが泣いてて」

こうなったら、もう説明するしかなかった。

「自分が呼んだお母さんが、月愛のお母さんとしてだけ、みんなに扱われてたのが、寂しかったみたいで……」

「わかってるよ。リュートは優しいもんね」

少し寂しげに微笑《ほほえ》んだ月愛の顔から、微笑だけが引いていく。

「海愛には悪いなと思ったけど、あたしだって、寂しいんだよ、いつも。たまに会えたおかーさんに甘えるのが、そんなにいけないことだったのかな？」

「………」

答えられなかった。

悪いのは月愛じゃない。もちろんお母さんのせいでもない。

最初に月愛に嫌がらせして、姉妹だと明かせなくなったのは、黒瀬さんの自業自得《じごうじとく》だ。

でも……あのとき、彼女を一人で泣かせることはできなかったんだ。

俺は、気づいてしまったから。

彼女の孤独に。

「リュートは人の気持ちがわかるから、海愛のことも放っておけなかったんだよね」

理解を示すように言ってから、月愛は眉間にきゅっと皺《しわ》を寄せる。

「でも、相手が海愛だから……流せないよ、あたし」

そうつぶやいた横顔が、はっとするほど綺麗《きれい》で、こんなときなのに見惚《みと》れてしまいそうになる。

「リュートは優しいから……あたしから言わなきゃって思ってた」

「月愛、俺は……」

何をどう話せばいいのかわからない。

月愛は俺を責めているわけではないから。

「……しばらく、連絡しないから」

月愛の言葉に、ズクン、と胸が大きく疼《うず》いた。

「リュートに考えて欲しい……このまま、あたしと付き合っていていいのか」

「いや、だから俺は……！」

考える必要もない。月愛が大事だ。そう思っているのに。

だが、月愛はもう俺の言葉を聞かずに雨の中を走り出していた。

「……月愛！」

追いかけようとしたが、足が動かない。追いつけないと思ったからだ。

本気で走る月愛には、俺は追いつけない。彼女の家は、もうすぐそこだ。

降りしきる雨の中、俺は茫然《ぼうぜん》と、小さくなる背中を見つめていた。

白河家の玄関ドアが閉まる音を聞きながら、ああ、そういえば今日は四ヶ月記念日だったな……と思い出した。

# 第四・五章　黒瀬海愛の裏日記

加島《かしま》くんって、ずるい。

このまま忘れられると思っていたのに。

もう少しで、思い出にできると思ってたのに。あとちょっとだったのに。

こんなに優しくされたら、忘れようと思っても忘れられないじゃない……。

加島くんはひどい。

わたしを選んでくれる気なんてないくせに。

わかってる。

加島くんが見ているのは、いつも月愛《るな》だけ。

それでも、こんなふうに……気まぐれにでも気にかけられたら、平静な気持ちではいられない。

わたしにも、愛される可能性があるのかなって思ってしまう。

一番は月愛。それはわかってる。

でも、もしかすると、もしかして……二番になることなら、できるんだろうか？

月愛はきっと、耐えられないだろうな。二番が、わたしだったら。

二番のわたしのために身を引いて、加島くんとの関係をなかったことにするかもしれない。

それを望んでいるわけじゃない……。

そうなって欲しいわけじゃないのに……わたしの恋心は、それを望んでいる。

心の奥にひっそりと、闇夜に咲く一輪の花のように。わたしはそれを期待している。

自分でも、どうすることもできない。

爆弾のような小さな野心を、胸の奥に秘めて……けれども、それがあるからこそ今日も、
わたしは孤独な日常を生きていける気がするのだ。

# 第五章

その日から、月愛《るな》は朝晩のLINEを寄越《よこ》さなくなった。俺がメッセージを送っても、未読のままスルーされる。

パンフレット係のミーティングで会うときも、彼女はどこかよそよそしい。

そんなことが何日も続いて、俺もとうとう我慢ができなくなった。

「じゃあ、あとは見本の冊子が届いたらまた招集をかけるわね。お疲れ様」

今日の打ち合わせで、ついにパンフレットの原稿が揃《そろ》って、入稿できる段階になった。

先生の言葉で、俺たちは解散になって帰り支度をする。

ミーティングルームをいち早く出た月愛を追うように、俺は鞄《かばん》を摑《つか》んで廊下へ出た。

放課後になって一時間以上経《た》った校内には、もう部活中の生徒くらいしか残っておらず、廊下に人気《ひとけ》はない。吹奏楽部の練習の音が、遠くから聞こえてきていた。

「白河《しらかわ》さん……」

彼女は振り向かない。

「し…………月愛！」

月愛が、ピクッと足を止めた。

その隙に追いつこうと小走りに近寄る。

ゆっくりと、月愛が振り向く。こちらを見た彼女は、せつなげな顔をしていた。

「あの、俺……」

とにかく話を聞いてもらおうと、小声で話せる距離まで近づこうとしたときだった。

「あ……！」

月愛が急にスカートのポケットを探り、スマホを取り出した。画面が点灯して震えている。画面に表示されていた発信者は数字の番号のみだったが、月愛はハッとした顔で通話ボタンを押した。

「大事な電話だから、ごめん、また……！」

早口で言って、月愛はスマホを耳に当てた。

「はい、そうです。……えっ、今から⁉」

踵《きびす》を返して俺に背を向け、月愛は廊下を颯爽《さっそう》と歩いていく。

「……大丈夫です、行きます！」

誰だろう。月愛が敬語を使うということは、友達ではないだろう。もしかして年上の人？

男だろうか女だろうか……と考えて、胸がざわついているのに気づいた。

大事な電話だと言っていた。いつもだったら、「誰から？」と気軽に訊《き》けるのに。

彼女の後ろ姿が見えなくなった廊下を歩き、俺は仕方なく一人学校を出て、予備校へ向かった。

◇

今日の自習室には、珍しく関家《せきや》さんがいなかった。平日の高卒生の授業は昼間帯にあるので、学校帰りに行くとほぼ間違いなく関家さんに会うのに。

スマホを確認してみると、数分前にＬＩＮＥが来ていた。

関家柊吾《しゅうご》
今日、先生の振替で渋谷校に行ってて、今池袋に着いた
ちょっと人と会ってくから、自習室入るまでにまだかかる

「……珍しい」

知り合いから逃げ回っている関家さんが、人と会うなんて。

黒瀬《くろせ》さんにバレて以来、俺と関家さんは、俺の登校に合わせてラウンジで軽食をとってから、自習室に入っていた。今日もそのつもりで、コンビニで菓子パンを買ってきてしまったので、仕方なく一人でラウンジへ向かう。

まあ、黒瀬さんが来たとしても、いつもT女の友達と一緒だし……と思って、入り口のドアを開ける。

すると、ラウンジの窓際《まどぎわ》の席に、黒瀬さんが一人で座っているのが目に飛び込んできた。

学校のミーティングルームを先に出たのは俺なのに、コンビニに寄っていたりしたから、先を越されたのだろう。

黒瀬さんは、飲み物を飲みながらテキストに目を通している。

綺麗《きれい》だな、と思ってしまった。紅茶のペットボトルが、ソーサー付きのティーカップに見える。彼女が月愛と一番違うのは、このお嬢様然とした優雅な雰囲気だろう。

「………」

彼女はまだこちらに気づいていない。

出入り口の正面にある席ではないので、俺も気づかないフリをして、出入り口の近くに着席した。

だが……。

「……加島《かしま》くん」

ちょうどパンを食べ終わる頃、気がつくと、目の前に黒瀬さんが立っていた。

「珍しいね、一人。いつも友達と一緒なのに。あの背の高い……」

「あっ、ああ……」

黒瀬さんに声をかけられた動揺と、関家さんを「友達」と言われたくすぐったさから、視線が彷徨《さまよ》った。

「く、黒瀬さんこそ、珍しいね。T女の友達は？」

「今週は秋休みだから、みんな授業しか来ないんだ」

「秋休み？」

そんなのあるのか、お嬢様学校は……羨ましすぎる、と思っていると、黒瀬さんは少し笑った。

「ああ、うん、T女は二学期制だから。秋休みっていうか、テスト休み？　今は一学期の期末試験が終わったところなの」

「えっ、二学期制？　一学期が十月に終わるの？」

よくわからなくて訊き返していると、話が長くなると踏んだのか、黒瀬さんは椅子を引いて、俺の向かいに座った。

「そ。区切りの問題で、三学期制との違いは、秋休みがあるところくらいなんだけど」

「へぇ……いいね」

「でしょ？　わたし、T女が大好き……だった」

黒瀬さんの顔に翳《かげ》が落ちる。

「……T女をやめるとき、代わりにせめて予備校に行かせてって、お母さんに頼んだの。K予備校に通ってる友達は多かったし、池袋校には仲のいい子が何人かいたから。スタンダード英語一講座だけだったら安くて、自習室には毎日通えると思って」

「毎日通ってるの？　すごいね」

まだ高二なのに。さすがに俺だって毎日は通っていない。

感心する俺に、黒瀬さんは微笑しながら俯《うつむ》く。

「別にすごくないよ……逃げてるだけだから」

「……逃げてる、って？」

気になって尋ねると、黒瀬さんは力のない微笑を浮かべた。

「うち、おじいちゃんが認知症なの。もう何年も前から……。おばあちゃんが介護してるんだけど、辛《つら》そうでね……」

「あぁ……そうなんだ」

知らなかった。そういえば、月愛の母方のおばあさんは、自分の親であるサヨさんの面倒を自身が見られないから、真生《まお》さんに頼んだという話だったが、そこにどんな事情があるのかは聞いていなかった。

「お母さんの再婚で家を出て、ここ数年は離れてたけど……離婚してまた帰ってきたら、おじいちゃんの症状がもっとひどくなってて」

深刻な話なのであまり調子良く相槌《あいづち》が打てなくて、俺は無言で頷《うなず》きながら聞いていた。

「お母さんは働いてるし、ほんとはわたしが家にいて、おばあちゃんを手伝ってあげた方がいいのはわかってるんだけど……。今のおじいちゃんとは、あんまり同じ空間にいたくなくて……ついここに来ちゃうの」

それを聞いて、そういえば……と思った。

「……黒瀬さん、夏休みもいた？　俺、ここで夏期講習受けてたんだけど……」

「ほんと？」

黒瀬さんが目を丸くする。

「夏休みは、人が多いからずっと自習室棟にいたの。伯母さんちに遊びに行ってたりもしたし、本館にはほとんどいなかったな」

「なるほど……」

道理で会わなかったわけだ。

「ここに来れば、大好きな友達に会える。それに……わたし、大学に行きたいんだ」

嬉《うれ》しそうに微笑《ほほえ》んで、黒瀬さんは言った。

「大学は奨学金で行けるし。T女の友達が目指してるような大学に入って、またみんなとキャンパスで会いたい」

「そうなんだ……」

お嬢様学校といえばエスカレーターで大学までというイメージが強いが、T女は偏差値高めというから、進学校でもあるのだろう。

楽しげに語る黒瀬さんの話は続く。

「わたし、漫画が好きだから……編集者とかになれたらいいなって。ゲーム雑誌でもいいし」

「へぇ……」

そんなに好きなんだ。

「それなら……漫画家にはならないの？」

俺の素朴な疑問に、黒瀬さんは少し微笑む。

「クリエイターには、向いてない気がする。漫画読んでて『もっとこうすれば面白くなるのに』とは思うけど『じゃあ自分で描いてやろう！』とはならないもの」

「それなら、そうか……」

俺もゲーム実況を見て、いろいろ感想を言うのは好きだが、だからといって自分が実況者になろうとは思わない。それと同じか。

そんな俺を、黒瀬さんはふと見つめる。

「加島くんは、なにになりたいの？」

黒瀬さんの大きな黒目にまっすぐ捉えられて、わけもなく焦《あせ》る。

「な、なんだろう……わからないけど、とりあえず大学には行こうと思ってる」

「文系？　理系？」

「文系かなぁ……。理系科目がそんなに得意じゃないから」

「ふーん……」

と、黒瀬さんは少し考える顔になる。

「加島くんだったら、先生とか向いてそうだね」

「えっ？　先生？」

　そんなことを言われたのは初めてだった。

「うん。せっかく大学行くなら、大学行かないとなれない職業に就いた方がいいじゃない？　加島くんなら、生徒一人一人の気持ちを考えてくれる、いい先生になりそう」

「……考えたことなかったな。普通にどっかの会社に行くもんだと思ってた」

「それでもいいんじゃない？　なんの会社？」

「えっ、いや特にはまだ……」

　とにかくできる限りいい会社……俺の実力で入れる中で一番給料の高い会社、というこ とくらいしか考えていなかった。

「会社だったら、コンサルとかかなぁ？　加島くん、親切だから」

　黒瀬さんに言われて、目が点になる。

「こ、こんさる……？」

「わたしもよくは知らないけど、お客さんの仕事の相談に乗ってあげる仕事なんだって」

「ふうん……？」

　初めて聞いた。

「黒瀬さん、会社の種類なんてよく知ってるね」

「最近ちょっと調べたんだ。お母さんに『大学に行きたい』って言うのに、どんな会社に就職したいか説明しないと、と思って。それで出版社がいいなぁって思ったの」

ちょっとはにかんで、黒瀬さんは説明してくれた。

「具体的な会社の採用データを調べて、大卒の方が有利だって説明しないと、説得力ないでしょ？　でも、うちのお母さんも、学歴での仕事の待遇の差は感じてたみたいだから、思ったよりあっさり賛成してもらえてよかった」

「そうなんだ……」

うちは両親が大卒で、姉も大学に行っているので、大学進学までは既定ルートみたいな感じだったから、その先を見据えて親を説得しようなんて考えは一切なかった。

――大人なんだ、月愛は。

この前、あんなことを言っていた黒瀬さんだけど。

俺にとっては、今の黒瀬さんも、すごく大人に見える。

月愛とは違ったタイプの……素敵な女性だ。


「先生かコンサル、か……」

その日、自習室を出てから駅までの道を歩きながら、俺は一人つぶやいた。

物心ついてからずっとぼんやりしていた玉虫色の未来像に、初めて具体的なイメージが降りてきた瞬間だった。

教師なら確かに安定した収入が望めそうだし、経営コンサルタントは今東大生に最も人気がある職業の一つらしい。

「へぇ……それは給料良さそうだな」

歩きながらスマホで検索して出てきたページを読みながら、俺はつぶやいた。

「……月愛は、どうするんだろう」

相変わらず、月愛の進路希望はふわっとしている。

──今を生きる。生きるために、あたしは生きる。今までそうしてきたみたいに。そんなあたしでも、リュートは愛してくれる？

もちろんだ。

その気持ちに変わりはない。だから、あまりしつこく尋ねることもできなくて。

それにしても……。

月愛と気まずくなっている中、よりによって黒瀬さんと二人きりで話をしてしまうとは。

しかも、その時間が有意義で楽しかったなんて……今になって、とんでもない罪悪感に襲われる。

「くそー、関家さんとT女の秋休みのせいだー……」

お門違いな恨みだとは思うが、つい誰かのせいにしたくなってしまう。

明日こそ、月愛と話そう。

そして、俺の気持ちをわかってもらうんだ。

そんな決意を込めて、人波が向かう改札口へ、決然と歩みを進めた。

◇

そうして登校した、次の日のことだった。

「加島くーん！」

校門から昇降口に向かっていたとき、後ろからバタバタと足音が近づいてきて呼ばれた。

振り返ると、それは谷北《たにきた》さんだった。

「ちょっと話したいことがあるんだけど、ここで会えてよかった！」

そう言うと、谷北さんは前後左右をキョロキョロする。

「……ルナち、いないね。こっち来て！」

谷北さんに誘導されて向かったのは、校舎裏にある教員用の駐車場だった。俺が月愛を呼び出して告白した、あの場所だ。

「た、谷北さん？　一体どうし……」

「あのね。ショック受けないで欲しいんだけど」

谷北さんは、真剣な面持ちで俺を見つめた。大きな瞳にみなぎった緊張感が怖い。

「……ルナち、パパ活してるかもしれない」

「……パ、パパ活……？」

緊張感が、一気に崩壊した。

そのことに、ほっとする自分がいる。

よかった。俺は月愛を信じられてる。月愛がそんなことするわけないと思っている。

どういう話かは聞いてみないとわからないけど、谷北さんにはちょっとマイペースなところがあるし、きっと勘違いだろう。

「パパ活って……あれだよね？　若い女の子が、年上の男の人とお茶したりして、お金をもらうやつでしょ？」

「そう」

谷北さんは未《いま》だ真顔で頷いた。

「……最近、ちょっとおかしいと思ってたの。この前の親睦会のときに、ルナち、グッチの鞄《かばん》持ってたの。初めて見るやつ。そんで先週の土曜に会ったときには、今度はディオールのトートを持ってたの！」

「え、えぇ……？」

俺でも知ってるハイブランドの名前を出されると、そりゃ高いんだろうなと思うけど。

「三十万くらいするんだよ⁉ コレクションやサイズによってはもっとするかも！ すごくない⁉ ＪＫが持てる値段じゃないよね⁉」

「う、うん……」

そもそもファッションに興味がないから、月愛の持ち物のブランドなんて気にして見たことがなかった。

「……でもそれ、おばあさんに借りたのかもよ？ おしゃれな人だっていうし」

同居している月愛の父方のおばあさんは、フラダンスを習ったり、ワッフルメーカーを買ったりと、月愛から聞く限りだいぶモダンな趣味を持つ人らしいから、ブランドバッグくらい持っていても不思議はない。

「えー、でも最近になって急に立て続けにブラバ借り始めるの、おかしくない？ ルナち、今までプチプラ鞄がお気にだったんだよ？」

「そ、そうなんだ……？」

月愛と鞄の話などしたこともない俺は押され気味だ。谷北さんは女の子だし、服飾専門学校への進学を希望するくらいだから、月愛ともファッションの話をよくするのだろう。

「白河さんに、なんでブランドバッグ持ってるか訊《き》かなかったの？」

「訊けないよー。なんか妬んでるみたいじゃん。ルナちから自慢してくれたら、突っ込めたけど」

そうなのか。女の子同士ってそういうものなのか、月愛と谷北さんの関係だけがそうなのかは、わからないけど。

「……でね、バッグだけだったらまだいいんだけど。うち、見ちゃったんだ、昨日……」

「な、何を？」

谷北さんの声色がさらに緊迫感を帯びるので、俺も緊張する。

「うち、昨日ＶＴＳグッズの被《かぶ》りを売りに池袋のＫ－ＰＯＰ館に行ったの。その帰りに、駅前でルナちを見かけて……声かけようと思ったら、男の人と歩いてたんだ。年上の人だった」

「えっ……」

それを聞いて思い出したのは、昨日月愛にかかってきた電話だった。

——えっ、今から⁉　……大丈夫です、行きます！

あの電話の相手だ。

男だったのか……。年上の人だろうという読みは当たっていたみたいだ。

パパ活なんて、そんなこと疑っているわけじゃないけど。さっきまでより、俺の心臓は速くなっていた。

「…………」

「と、年上の男の人って……この人じゃなかった？」

一縷《いちる》の望みをかけて、スマホにあった真生さんの写真を見せる。夏に海の家で働いていたときに、月愛と三人で撮ったものだ。

「ううん、違う」

谷北さんは無情に首を振る。

「もっと若い人だった。大学生くらいの」

「大学生……で、パパ活の……パパ？　ってなれるの？」

俺の素朴な疑問に、谷北さんは首を傾《かし》げる。

「さぁ？　バイトとかでお金あったらなれるんじゃん？　大学生じゃなくて社会人かもしれないし」

確かに……そんなこと、ここで考えていても答えは出ない。

パパ活なんて……そんなこと、月愛が……？

にわかに信じられない。

けど……。

──リュートだって、そのうち引くかもしれないよ。あたしギャルだから、ギャルがやるようなことは一通りやりたいし。

俺が思い出していたのは、あの雨の日の月愛の言葉だった。

「……ギャルって、パパ活するの？」

「え？」

俺に訊かれた谷北さんは、目を丸くする。

「それは……人によるんじゃない？　清楚《せいそ》系でもやる子はやると思うし。キャバとかの貢《みつ》がせ系にはギャルが多いイメージだけど、キャバもパパ活も、うちはやろうと思わないし」

「そ、そうか……そうだよね」

俺は納得する。

「……じゃあ、『ギャルがやるようなこと』ってなんだと思う？」

「えーなにそれ？　それも人によるんじゃないの？　うちは自分がやりたいことならなんでもやるよ」

「そっか……」

確かに「人による」は真理だ。世の中のこと、大体みんなそうだ。

そんなことわかりきっていたのに、それでもこうして谷北さんに訊いてしまったのは、
俺がまだ月愛のことをよく知らないからなのかもしれない。

何が好きで、何をしたくて、何を考えているのか……。

そう思うと情けない。

……でも、やっぱり、パパ活はないと思う。そこだけは信じたい。

「……谷北さんは、月愛がパパ活をやるような子だと思うってこと？」

俺の角度を変えた質問に、谷北さんはちょっと面食《めんく》らったようだ。

「……それは……わからないんだよね」

その表情は、少し気まずそうだ。

「ルナちって、めっちゃいい子だけど、ちょっと危なっかしいところあるやんな？　フワフワしてるっていうか……。しかも最近、加島くんとうまく行ってないんでしょ？　ニコるんから聞いたけど。ルナち、元カレもけっこうアレだし、加島くんとのことで不安定になってたら、もしかしたらヤケになって……ってことも、あるかなって」

「そっか……」

谷北さんの目に映る月愛のことが、少しわかった。それでもパパ活はしないと信じたいけど、同意できるところもある。

「ニコるんに『ルナちがパパ活してるかも』って言ったら『んなわけないじゃん』って笑い飛ばされちゃって。でも、うちはルナちと仲良くなったの二年からだし、まだ、そこまで信じられるほど……ルナちのこと、知らないから」

言い訳するようにモジモジしながら言って、谷北さんは俺を見上げる。

「うちの勘違いだったらいいんだ。でも、もしもそうだったら……って思ったら不安で、加島くんには教えなきゃって思ったんだ」

「……わかった」

この話を聞いて、どうするか決めるのは俺だ。

「心配してくれて、ありがとう」

俺が言うと、不安げな顔で居心地悪そうにしていた谷北さんは、少しほっとした顔になった。

彼女がこのことを本当に善意から伝えてくれたのがわかって、複雑な気持ちになった。

正直、ショックだった。

さすがにパパ活ではないとは思うけど、どんな事情があったにしろ、月愛が男と一緒に歩いていたのは事実みたいだ。

早く事情を知って、安心したい。従兄弟《いとこ》だとかお姉ちゃんの彼氏だとか、きっとそんなところに違いない。

そう思いながらも、まったく気持ちが落ち着かないのは、俺の中で一つだけ、パパ活よりも、もっとリアルな可能性を思い浮かべてしまっているからだ。

元カレ。

以前、月愛は彼氏と別れるときにはＬＩＮＥをアカウントごと消去すると言っていた。でも、もし向こうが月愛の携帯番号を知っていて、覚えていたとしたら……あの登録名なしの電話番号だけの着信画面は……あの他人行儀な話し方は、そういうことではないか？

しかし、そんな一度距離を置いたはずの元カレと会って、何を話すのだろう？　恋愛相談……？　まさか俺の愚痴？

早く月愛に確かめたい。

でも、なんて言う？

自分は黒瀬さんと一緒にいたことを月愛に報告しなかったのに、月愛に「男と一緒にいただろ？」なんて問い詰められるのか？

少なくとも、今の状況では、そんなことをしたら彼女との関係をより悪化させるだけだ……。

どうしたらいいんだ……と頭を抱えつつ、教室に向かっていたときだった。

「おい、カッシー！」

廊下で、イッチーに声をかけられた。その後ろにはニッシーもいる。

「おはよ……」

だが、二人は挨拶どころではない形相だ。

「谷北さんと、何を話してたんだ？」

「見たんだよ、俺。カッシーと谷北さんが、駐車場でコソコソ話してるの」

イッチーが鬼の剣幕で言えば、ニッシーも怖い顔で付け加える。

「えっ、それはその……」

内容が内容だったので、即答するのにためらいが生じた。

「し、白河さんのことで……」

「カッシー、ほんとに変わっちまったな」

ニッシーが、怒りを滲《にじ》ませて俺の言葉を遮った。

「白河さんという彼女がありながら、黒瀬さんにも手を出して、今度は谷北さんか？」

「許せねぇ……お前は人間をやめちまったのか⁉　人間だった頃の理性はもうないのか⁉」

谷北さんのこととあってか、イッチーは手が出そうな勢いで顔を近づけてくる。

「いや、だから白河さんのことでっ……」

「白河さんの、どんなことだよ？」

「…………」

「ほら、答えられないじゃねーか！　出まかせ言うなよ！」

イッチーに詰《なじ》られて、俺は唇を噛《か》む。

ただでさえパンクしそうだった頭が、さらにぐちゃぐちゃになりそうだ。

「……ごめん。ちょっと一人にして……」

誰かに相談したいけど、イッチーとニッシーはもう聞く耳を持ってくれない。

ここで女の子に声をかけたら、さらに面倒なことになるので、山名《やまな》さんに聞いてもらうこともできない。黒瀬さんなんて、あらゆる意味で、もってのほかだ。

悩める俺が頼れる相手は、もう、一人しかいなかった。

「……そりゃ大変なことになったなぁ」

放課後に向かったK予備校のラウンジで、俺から話を聞いた関家さんは、腕組みして唸《うな》った。

今日はもうパンフレット係の活動もなく、放課後一目散に向かったので、ラウンジはまだ人の少ない時間帯だった。黒瀬さんの姿もない。

「で、ヤマダはどうしたいの？」

「俺は……」

考えながら、俺は答えた。

「彼女と仲直りして……会っていた男のことを訊《き》きたい」

「仲直りしてから訊いたら、また気まずくなるんじゃねーの？」

「…………」

「ヤマダはさ、とりあえず、今はその男の正体が知りたいわけだろ？　だったら、俺が訊いてやるよ」

ニッと笑って、関家さんは言った。

「えっ⁉　きっ、訊くって……彼女と会うってことですか⁉」

「まぁ、それが一番いいだろうな。電話とかじゃ怪しいし」

「………」

月愛と関家さんを会わせることには、少しばかり葛藤があった。それが、長身イケメンでリア充（少なくとも浪人前は）な関家さんに対する俺のコンプレックスによるものだと気づいて、軽く自己嫌悪《じこけんお》に陥る。

「……わかりました。お願いします」

腹を括《くく》って、俺は答えた。

「でも、どうやって……？」

「あー、確か来週、お前んとこ文化祭だろ？　俺を招待してくれよ。たまには気分転換したいから、誘ってほしーなって普通に思ってたんだよ」

「えっ⁉」

驚く俺に、関家さんは意気揚々と持ちかける。

「んで、校内で彼女を見つけたら、俺に教えてくれよ。そしたら俺が『あっ、キミこの前、池袋で男と歩いてた子だよね⁉』ってバカのフリして声かけるから」

「……関家さんが言うと、新手のナンパみたいなんですけど……」

「でも、ヤマダと一緒にいれば、怪しいやつじゃないってわかるじゃん？　彼氏の友達から、彼氏の目の前でそんなこと言われたら、彼女だって説明せざるを得ないだろ?」

「確かに……」

ちょっと自然さと潔《いさぎよ》さには欠けるが、今のところ、これより名案は俺の中にない。

「これでようやくヤマダの彼女が見れるのかぁ。楽しみだぜ。……しかし、池袋を歩いてたなんて、俺もどっかで見かけてるのかもなー」

能天気にウキウキしている関家さんに一抹の不安を抱きながら、俺は来週の文化祭に思いを馳《は》せた。

◇

そして、文化祭の一般公開日、当日。

一週間前に見本誌を確認し、すでに予定された納品分を受付係に渡し終えたパンフレット係に、当日の仕事はない。そのため、呼ばれたときだけ他の係のヘルプに回ることになっていた。

月愛と黒瀬さんの今日の行動は、把握していない。おそらくそれぞれ他の係を手伝っているか、自由時間をもらっているかだろう。

関家さんは、午前中は予備校にいて、午後から来てくれる予定だった。

午後一時過ぎ、実行委員長に頼まれて、受付の横にある本部のテントで留守番をしていた俺は、時々スマホを確認しては、受付を通る人たちを眺めていた。先ほど、関家さんから「向かってる」のＬＩＮＥが来たからだ。

そんなとき。

「え、あの人ちょっとかっこよくない？」

「あー、わかる。アヤ、ああいうの好きそう」

受付の一年女子たちがヒソヒソ言い出すのを聞いて、もしやと思って見てみると、現れたのは、やはり関家さんだった。

「よっ」

受付を通った関家さんは、本部の俺を見つけてそのままこちらへやってくる。

すると、受付と本部にいた生徒たちが、ほとんど全員こちらを見た。

「……えっ、あの先輩の関係者？」

「意外……あっ、でもあの人確か、二年の白河さんの彼氏だよ」

「あーそうなんだ。イケてる彼女がいる人は、友達もハイスペなんだね」

さっきの受付の女子たちの小声が耳に入ってきて、余計に恥ずかしくなる。

そのタイミングでちょうど本部番を代わってもらえて、自由時間になった俺は、関家さんと校内を歩き出した。

行く先々で、女子の視線を感じる。みんな関家さんをチラ見してから、意外そうに俺を見てくる。

「………」

なんか恥ずかしい……。

月愛と一緒にいるときも似たような視線を感じることは多いけど、月愛の場合は男女同じくらいの比率で見られるので、女子ばかりの視線を浴びるのは恥ずかしさ倍増だ。陰キャにとっては、何度体験しても慣れるものではない。

早く月愛を見つけて、目的を達成したい……と思いながら、月愛の姿を探して校内をブラつく。

月愛とはあれからも、ギクシャクしたままだ。元カレとの密会疑惑を抱いてから、俺の方も、なんとなく彼女を避けがちになってしまっている。

付き合い始めた頃と違って、夏休みを越えて、だいぶ月愛の彼氏としての自信が芽生えてきていると思っていた。

でも、いざ現実に、月愛の身の回りに元カレの影がチラついてしまったら。俺の自信は儚《はかな》くも揺らいでしまった。

確かめるのが、正直、怖い。

でも、このままフェードアウトなんて、絶対にイヤだ。

月愛には、黒瀬さんではなく月愛と付き合い続けたいという俺の気持ちをわかってもらって、わだかまりを解きたい。

そのためには、俺も、彼女の元カレ密会疑惑の真相を知らなければならない。

そう思って、重い足を引きずって、校内を練り歩いた。

「…………」

今日の関家さんは、珍しく口数が少ない。緊張したような真顔で、人を捜すかのように、辺りに油断ない視線を走らせている。

「……マジか……やっぱそうだよな、この制服……」

「……どうしたんですか？」

何かブツブツつぶやいているので尋ねると、関家さんは「いや……」と言葉を濁す。

そんなときのことだった。

「あっ、加島くんだ！」

廊下の向こうから、小さな女生徒が走ってくる。

谷北さんだった。

谷北さんは、俺にあんなことを告げてきてからも、別段今までと変わりなく、実行委員の仲間の一人として接してくる。さっぱりした性格のようで、俺みたいな引きずるタイプは、ちょっとタジタジしてしまう。

「ちょうどよかったー！　ちょっと体育館の装飾が剝がれちゃって。うちの身長じゃ脚立《きゃたつ》使っても届かなかったんだよね。今、装飾の男子見つからなくて、よかったら手伝ってもらえない？」

「え、う、うん……」

どうしようかなと関家さんを見たとき、同じタイミングで谷北さんも彼を見上げた。

「あっ……！」

一瞬イケメンすぎて見惚《みと》れているのかと思ったが、そうではないらしい。その表情は驚きに満ちている。

次に彼女が口にしたセリフを聞いて、俺は硬直した。

「加島くん、この人！　この人が、ルナちと池袋を歩いてた人だよ……⁉」

「……!?」

言葉を失った。

なんだって?

関家さんが……?

月愛と、どんな関係?


まさか……元カレなのか?


でも、考えてみれば、そうであっても不思議はない。

高校時代は軽い交際を繰り返していたようだし、どこかで知り合った月愛と、二、三ヶ月付き合って別れていたとしても……。受験に失敗するほど遊んでいたというし、二股、三股の末にフッたということも考えられる。

「そんな……」

関家さんと友達になれて、嬉《うれ》しかった。イケメンなのに陰キャな俺でも話しやすくて、俺なんかの面倒をよく見てくれて、人生のいい先輩だと思っていた。

それなのに……。

ただ彼氏に喜んでもらおうと一生懸命だった月愛を弄び、不誠実な気持ちで傷つけてきた元カレたち。そんな男たちの一人だとしたら。

俺は、この人を許せない……。

「……えっ、マジで⁉　お前の彼女って、もしかして『シラカワルナ』⁉」

「……！」

月愛を知っているなんて。

やはり、この人が……元カレなんだ。

「さっきから、もしかしてここの生徒なんじゃと思ってたんだよ。女子の制服見て、見覚えがあってさ……。黒瀬さんと着こなしが違いすぎて、同じ学校だと思わなくて」

元カレなのだとしたら、その言葉はあまりに軽薄だ。元カノの学校名も覚えていないのか。

「関家さん……あなたって人は……」

怒りと軽蔑と失望がないまぜになって、肩が震え出す。

「月愛の元カレには、一生会いたくなかった……憎まずにはいられないから」

両手の拳を震わせて、俺は関家さんを見据える。

「よりによって、関家さんが元カレだったなんて……」

すると、俺の形相に怖気付《おじけづ》いたのか、関家さんが目を見開いて首を振る。

「え？　いやっ、違うって！」

「何を今さら……」

月愛があの日会っていた男が、従兄弟《いとこ》やお姉さんの彼氏である可能性は考えていた。

でも、それが関家さんだったのなら。

考えられるのはもう、「元カレ」しかない。

「違う。違うから、落ち着け！」

関家さんは俺の両肩をガシッと摑《つか》んで、俺の目を見つめる。

「よく聞け」

聞きたくない、言い訳なんて……と思ってにらみつける俺に、関家さんは言った。

「『シラカワルナ』は、俺の元カノじゃない」

「じゃあ、なに……」

「『元カノの友達』だ」

それを聞いて、俺の思考が停止した。

「元カノの……友達……？」

「嘘《うそ》だと思うなら、俺の元カノに直接訊《き》いてくれよ……同じ学校だから、お前も知ってるんだろ？」

「すいません、話が全然わからないんですけど、その元カノの名前って……？」

俺が尋ねると、関家さんは視線を外し、ためらいがちに口にした。

「山名笑琉《にこる》。『シラカワルナ』の親友なんだろ？」

「えっ……」

山名さん……？

思ってもみなかったことを言われ、脳みそが混乱して処理落ちしそうだ。

「えっ、山名さんの、元カレって……？　え、あの、中二のときに二週間だけ付き合ったっていう……？」

「そう」

関家さんが頷《うなず》く。

「お経を聴いてた……？　え？　あの中二病元カレ？」

言いながら噴き出してしまって、関家さんに軽くにらまれた。

「だから、そうだって言ってんだろ」

赤面した関家さんは、横目で谷北さんをちらっと見る。

その谷北さんはというと、俺たち二人を見て、安堵《あんど》の表情になっていた。

「……つまり、パパ活じゃなかったってことやんな？　よかったぁー！」

「は？　パパ活？　……キミら、想像力たくましいね」

関家さんが苦笑いして、谷北さんと俺を見る。

「俺たち、話さなきゃいけないことがありそうだから、悪いけど装飾の手伝いは他当たってくんない？」

谷北さんに言った関家さんが、その辺に目を留めて「あ」と手招きする。

「ちょうど背ぇ高いやついた。ちょっと来て」

関家さんに呼ばれて、おどおどとこちらへ近づいてきたのは……イッチーだった。

「な、なんです、か……」

「あっ、伊地知《いじち》くん！　ちょうどよかったー、手伝って！」

怪訝《けげん》な顔で俺と関家さんを見ていたイッチーは、谷北さんに話しかけられて一気に目を輝かせる。

「いっ、いい、よ……！」

　連れ立って体育館の方へ小走りに向かっていく谷北さんとイッチーは、森の中を走る小動物とクマのように見えた。


　俺と関家さんは、一年生が喫茶店をやっている教室に入った。

　昼のピークは過ぎたものの、店内はほぼ満席だ。ちなみに、うちの学校の文化祭ではクラスの出し物は強制ではなく、俺のクラスは希望の声が少なかったため、不参加だった。

　適当に注文した飲み物が届いて、そわそわする俺に、関家さんが切り出した。

「この前……確か日曜かな？　家出て予備校に行こうとしてたら、駅前で知らない女の子に呼び止められたんだよ。それが『シラカワルナ』」

　俺は黙って、話を聞いていた。

「逆ナンだったらさすがにラッキーと思うくらい可愛《かわい》かったから、話聞いたんだけど。『あたし、山名笑琉の高校の親友です。ニコルはあなたのこと忘れてないから、ニコルともう一度会ってあげてくれませんか？』だって。なんか、山名んちに遊びに行く途中だったみたいで。俺の顔写真で知ってたから、見かけて声かけたんだと」

　俺が思い出したのは、サバゲーの日、山名さんの恋バナを聞いていたときの月愛の顔だった。

月愛らしいな、と思った。親友が未《いま》だに想《おも》っている元カレを街で偶然見かけて、反射的に声をかけたのだろう。いくら大事な友達のためとはいえ、俺にはそんなこと逆立ちしてもできない。写真で見ただけだし人違いだったらどうしようとか、いろいろ考えてタイミングを逃すのがオチだ。

「俺、その日、スタッフと志望校面談が入ってたんだよ。約束の時間に遅れるから行くって言ったら、その子が財布からレシート出して、アイライナーかなんかで電話番号書いて渡してきたわけ。『もっとお話ししたいから、都合のいいときに電話ください』って」

それも目に浮かぶようだった。きっと必死だったんだろう。山名さんのために。

月愛が愛《いと》おしかった。

「で、何日か忘れてたんだけど、鞄《かばん》整理したときレシート出てきて、あっそうだ、と思って。めっちゃギャルだったけど、めっちゃ可愛かったから、あの子に会うためだけにでも連絡してみよーかなと思って」

俺の物言いたげな視線に気づいて、関家さんは苦笑する。

「怒んなって。そのときはまだ、お前の彼女だって知らなかったんだから」

「別に怒ってないですよ」

それくらいでピリピリしていたら、月愛の彼氏は務まらない。

……いや、ちょっとメラッとしたけど。

「それで池袋で会ったんだけどさ」

あの日……月愛に電話がかかってきた、あのあと。そういえば、関家さんも自習室に来るのが遅れたんだっけ、と思い出した。

「ニコル、ニコルって、ほんとに山名の話しかしないの。こっちは『終わった話だから』って言ってるのに『ニコルの中ではまだ全然終わってない！』って、熱く語られて。会うなら約束取りつけるって言われたけど、俺はそんな気になれないし、平行線でそのまま解散。それだけ」

潔白を表明するかのように両手を上げて、関家さんは語り終えた。

「……なんで、山名さんと会おうと思わなかったんですか？」

以前、初めての彼女について語っていたときの関家さんを思い出す。

——もし今、高一からやり直せるなら……あのとき彼女を絶対にフッたりしない。

あんなふうに言うくらい、今でも彼女のことを想っているのだろうに。

「会えるわけねーだろ。自分が他の女の子と遊びたいからって理由でフッといて、散々遊んだ挙句『やっぱお前がよかったわ』って、虫がよすぎるにもほどがあるだろうが」

「でも……」

山名さんは、元カレである関家さんを忘れていない。二人が今でも互いを想っているなら、もう一度やり直すことはできるのではないだろうか？

「……傷つけたんだ、山名を」

疑問に思う俺に、関家さんは沈んだ口調で言った。

「中一の頃の山名は、地味で目立たない女子だったんだよ。黒髪で、大人しくて。俺と一緒で目つきが悪いから、友達も少なかったな」

懐《なつ》かしそうに目を細めて、関家さんは語る。

「でも面倒見が良くて、一度心を開いた人間にはとことん尽くすようなところがあった。お互い人見知りだったから、仲良くなるまで時間はかかったけど、いい後輩で、優秀なマネージャーだったよ」

ああそうか、と思った。

月愛が限定スマホケースを買うのに一緒に並んでくれたり、月愛が寝過ごさないように鬼電してくれたり……そういう面倒見の良さは、その頃からきっと変わってないんだ。

「それで、付き合ったんだけど……俺と別れてから、山名の素行が悪くなった。……ちょうど、親父《おやじ》さんが浮気《うわき》して、両親がモメてる時期だったんだよな。俺も、付き合う前から相談受けてたけど……」

　月愛から山名さんのお母さんがシングルマザーだとは聞いていたけど、そのタイミングで離婚したのか。

「付き合った頃は、ちょっと状況が落ち着いてたんだよ。やっぱ離婚しないかもって方向になってたのに」

　言い訳のように言って、関家さんは続ける。

「お母さんと家を出てから、山名は金髪にして、ピアス開けまくって、ガラの悪い連中とつるむようになって……。別れてから連絡を取ってなかったから、しばらく経《た》って後輩に山名の変化を聞いて驚いたよ」

　そう言って、関家さんは机の上に置いた両手を組んだ。それを見つめながら、関家さんはつぶやいた。

「本当は、俺が支えてあげなきゃいけなかったんだ。……そうしたかった。それなのに、俺がしたことは……」

　そんなに好きだったなら、別れなければよかったのに……ということは、前にも言った。関家さんだってそう思っているだろうし、責めてもしょうがない。

「……だから、山名さんに合わせる顔がないってことですか？」

関家さんは答えない。図星だからだろう。

なんて歯痒《はがゆ》いんだ。

――言っとくけど、ちゃんとやってるから。……キスまでは。

あんな恋する乙女みたいな山名さんの顔を、見てしまったから。

――バカみたいだよね。中二のときに、たった二週間だけ付き合った男のこと、今でも忘れられないなんて。でも、初めて好きになった人だからさ……。

――彼女と別れたお陰で、いろんな可愛い子と付き合えたけど……それで気づいたのは、やっぱり最初の彼女が一番だったってこと。気づいたところで、もうどうしようもないのに。

二人とも、今でも想い合ってるんだ。

だったら……やり直すのに遅いことなんて、ないんじゃないだろうか？

「……確かに、関家さんは山名さんを傷つけたかもしれないですけど」

関家さんと山名さんは、お互い初恋を成就《じょうじゅ》させて、まっさらな気持ちで付き合い始めたから……。

無傷な状態から始まった恋だから、一度傷つけたらもう修復できないって、そう思ってしまうのかもしれないけど。

「傷も含めて……傷ついた過去も、傷つけた過ち《あやま》も許して、先へ進むことは、できるはずです」

俺は……。

俺の初めての彼女は、すでにいろんな傷を抱えていた。

俺じゃない男たちが、純粋な彼女に、無遠慮につけてきた傷。

そんな傷でボロボロになっていた彼女と、俺は付き合い始めた。

その傷ごと、抱きしめようと思った。

それが……彼女を愛することだと思ったから。

「……山名さんが今抱いている傷が、関家さん自身がつけた傷なら、なおさら……」

関家さんは俯《うつむ》いているが、俺の言葉にじっと耳を傾けているのはわかる。

「関家さんが、彼女を幸せにするべきだと思います」

何も言わない関家さんに、俺は言葉を重ねた。

「俺も……関家さんには、山名さんにもう一度会って欲しいです」

しばらくの間無言だった関家さんは、そこで顔を上げた。

「ヤマダって、そんな恋愛達人《マスター》だったんだ？」

茶化したように言うけど、彼が俺の言葉を真剣に受け止めてくれたことは、気まずげに歪《ゆが》んだ口元が示していた。

「……なぁ、今の山名って、どんな感じ？」

ふと、関家さんがそんなことを尋ねてきた。

「どんな、とは……？」

「見た目とか」

「見た目？　えーっと……」

俺の拙い説明より見せた方が早いと思って、スマホのカメラロールをスクロールした。

サバゲーのときの集合写真を拡大して、関家さんに見せる。

「……あーやっぱギャルなんだ。……でも、大人っぽくなったな」

その瞳には、懐かしそうな、ほほえましげな色が宿っている。

「まだケンカしてたりすんの？」

「ケ……ケンカとは？」

不穏な単語にビビっていると、関家さんは淡々と説明する。

「中三のとき、荒川の土手で他校のヤンキー二十人ぶちのめしたって、後輩から聞いたけど」

「に、二十人……⁉」

ヤバすぎる……なんなんだ、山名さんって！

「も、もしや、それが『北中《きたちゅう》のニコル』時代……？」

「あーそうそう。卒業してから新たな二つ名を聞かなくなったから、どこの高校に行ったか知らなかったんだよ」

そう言った関家さんは、少し遠い目をして微笑した。

「……高校で、いい友達でもできたのかな。心の支えになるような」

低い声で、つぶやくように言う。

「たぶん……『シラカワルナ』が、そうなんだろうな」

そして、俺と目を合わせて微笑《ほほえ》んだ。

「いいやつらだな、お前ら。いいカップルだよ」

「……関家さん……」

「早く仲直りしろよ。二人には、幸せになって欲しい」

「…………」

関家さんだって、幸せになることはできるのに。

もどかしい気持ちでいる俺に、関家さんは自嘲してつぶやく。

「……怖いんだよ」

苦い微笑を湛《たた》えたまま、彼は言った。

「山名との思い出が綺麗《きれい》すぎて……とっくに終わったと思ってた初恋の続きを、今さら始めるなんて……そんな勇気、出ねーんだ」

「関家さん……」

ここから先は何を言っても、もう同じことの繰り返しにしかならないだろう。

もどかしさを募らせて、ため息をつこうとしたときだった。

「……いたっ、カッシー！」

聞き覚えのある声に教室の入り口を見ると、そこにイッチーが立っていた。

「えっ、イッチー？　装飾は……」

「終わったよ！　それより、体育館から帰ってくる途中で見たんだけど……」

辺りの人が注目する中、イッチーがこちらへやってくる。陰キャなイッチーが目立つのを厭《いと》わないほど、緊急な用事があるのだろうか。

「白河さんが、他校のチャラい男たちにナンパされてるぞ！　いいのか⁉」

「えっ……！」

心臓がドクドクと速くなった。

「白河さんが……？」

「あと、鬼ギャルも。タチが悪い連中みたいで、断ってるのにめっちゃ絡《から》んできてストーカー状態っぽい」

なんだって……!?

気づいたときには、俺は立ち上がっていた。

「行くのか!? そうだよな、やっぱお前には白河さんしかいないよな！」

イッチーが嬉《うれ》しそうだ。俺が谷北さんにも手を出そうとしていると本気で思っていたのか？　まあ、そんなこと、今はどうでもいい。

「関家さんも来てください」

「え？　あ、ああ……」

関家さんも、俺に続いて立ち上がる。「鬼ギャル」が誰を指すかわかっていないから、フラットな気持ちで従ってくれたのだろうと思った。

そうして、俺たちは、イッチーに連れられて校舎の中を移動した。

「ほら、あそこ」

イッチーが指さす方に、確かに月愛の姿があった。

廊下の隅で、月愛は困惑した様子だった。隣にはイライラ顔の山名さん、そして、目の前に他校の制服を着た男子二人組がいる。二人とも、褪《あ》せたような色の金髪にピアスをじゃらづけしていて、いかにもチャラそうな連中だ。

「あっ……」

そこで、隣の関家さんが息を呑《の》むのがわかった。山名さんに気づいたようだ。

「ねーいいじゃんいいじゃんマジでマジで」

「だから、よくねーっつってんだろ」

「からーの⁉」

「マジでマジでほんとかわいーから、チューしてくれないと死ぬ〜〜」

「はぁ⁉　勝手に死ねよ」

「はい、『死ね』いただきましたぁーっ！」

「ごちでーすっ！」

チャラ男たちと山名さんが言い合っている。話が嚙《か》み合っていないというか、山名さんの拒絶が逆効果みたいにおちょくられているようだ。

「行こっ、ルナ！」

「うん……」

「おーっと⁉」

「ジャーン！　マジパネーディフェンス～！」

月愛と山名さんが脇をすり抜けて行こうとすると、男二人が手を広げて立ち塞がって、卑猥《ひわい》に腰を振る。

サイテーだ……本当に悪質すぎる。ああやって邪魔されて、立ち去ることができないのだろう。

……行くしかない。

月愛としばらく話していなくて気まずいとか、チャラ男がおっかないとかより、困っている彼女を早く助けてあげたい気持ちが勝った。

同級生が、好奇の目で遠巻きに見ている。

だけどもう、恥ずかしいとか思っている場合じゃない。

「……月愛！」

近づいてきた俺を見て、月愛は目を瞠《みは》った。

「リュート……！」

そんな彼女を、俺はじっと見つめる。

「い、行こう……」

チャラ男に怯《おび》えながら差し出した手を、月愛が手を伸ばして摑《つか》んでくれた。

「えっ、マジかよ～彼氏登場～～⁉」

「ウーワ！　マジウーワーイーッ～～」

チャラ男たちの煽《あお》りのような嘆きを聞きながら、俺たちは手を繋《つな》いでその場を離れた。

「えっ、ちょっ……」

焦《あせ》った山名さんが月愛を追おうとすると、再びチャラ男が立ちはだかる。

「はいダメ～～」

「友達の分も、俺たちと遊ぼうよ～」

「はぁ⁉　ざけんなっ！」

「か～らの～？」

抜け出せなくてブチ切れ顔の山名さんから離れながら、俺はギャラリーにまぎれて立つ関家さんに視線を向けた。

「ニコル……！」

月愛が、後ろ髪を引かれるように親友を見ている。

関家さん……！

祈るような気持ちで、俺はその顔を見た。

関家さんは、そんな俺から顔を背け、思い詰めたようなまなざしをどこかに向ける。

かと思うと、何かを吹っ切るかのように大きなため息をついて、その場を動いた。

関家さんが向かったのは、山名さんの方だった。

ズボンのポケットに手を入れて、少し硬い表情で、関家さんはチャラ男に絡まれる山名さんの元へ到着した。

「……どいて。それ、俺の彼女」

関家さんの声に、チャラ男たちと山名さんが一斉に彼を見る。

「え……」

「あっ、マジ？　サーセン……」

チャラ男たちは、ザコ感全開で道を開ける。俺のときと違って、有無を言わさぬ長身イケメンの登場に、ふざける余裕もないみたいだ。

関家さんはチャラ男の間に割って入って、山名さんの手を摑んだ。

「ほら、行くぞ」

「………」

山名さんは、口をぽかんと開けて、唖然《あぜん》とした表情で彼を見つめていた。

「……センパイ……？」

さっきまでチャラ男に悪態をついていた声色とは打って変わって、恋する少女のようなか細い声だった。

「なんで……」

その瞳に、見る間に光るものが浮かび上がる。

「遅くなって悪い」

関家さんが、少し気まずそうな、照れ臭そうな微笑で言った。

「センパイ……」

関家さんに手を引かれて廊下を歩き出しながら、もう片方の手で口元を押さえ、山名さんは泣いていた。

二人は、廊下の片隅で一部始終を見ていた俺たちのところへやってきて、立ち止まった。

「……センパイ、なんで……？」

関家さんを見上げて、山名さんはボロボロ泣いている。

周りには、チャラ男ナンパからのギャラリーもいて、俺たちに興味深げな視線が注がれたままだ。

「お、おい、泣くなよ……」

それに気づいて、関家さんが慌てたように山名さんに言う。

「お前、高校《ガッコー》でそういうキャラじゃないんだろ？」

「だってぇ……」

長いネイルの指を折り畳んで、山名さんは両目を拭いながら泣きじゃくる。

そんな山名さんを見て、関家さんが目を細めて微笑《ほほえ》む。

愛《いと》おしそうな、初めて見る関家さんの顔だった。

そして、関家さんは、泣き続ける山名さんを抱きしめた。

「……こうしてるから、早く泣きやめ」

山名さんの髪を撫《な》でながら頭を抱いて、関家さんは彼女の耳元に囁《ささや》いた。

「……センパぁイ……っく……」

山名さんの泣き声がくぐもったように響き、俺はひとりでに微笑んでいた。

よかった……。

よかったね、山名さん。

ずっと好きだった人に、再び巡り会うことができて。

そう思って胸を熱くしていると、制服の裾を引かれる感覚があって、隣を見る。

月愛が、物言いたげに俺を見ていた。

「……二人にしてあげよ？」

「あ、ああ……そうだね」

それで、俺たちは二人から少し離れた場所に移動した。

「リュート、関家さんと知り合いだったの？」

「う、うん。予備校が一緒で……」

「そうなんだ」

月愛と向かい合って話すのは久しぶりで、フローラルだかフルーティだかな香りに胸がドキドキする。

「……じゃあ、きっとリュートのおかげなんだね。聞いたんでしょ？　あたしが関家さんと話したこと」

「あ、うん……」

それらすべてを知ったのは、つい先ほどのことだけど。

「あたしじゃ、関家さんを説得できなかった。……ありがと、リュート」

はにかんだように微笑んで、月愛が俺を見る。

その瞳には、少し光るものが漂っているように見えた。

「月愛……」

言わなければ。

山名さんと関家さんのことはよかったけど、俺たちのことはまだ話せていない。

そう思って、口を開こうとしたとき。

「いやー、なんかよくわかんねーけど、よかったなぁ、鬼ギャル」

廊下にいたギャラリーの中から、イッチーがやってきた。なぜか、イッチーも目に涙を浮かべていた。

「……いやー、恋愛ってほんとにいいよな……」

山名さんたちの姿を遠目に見ながら、イッチーは細い目をさらに細めて糸状にする。

「……なぁ、俺、谷北さんに告白しようと思うんだ」

「ええっ⁉」

突拍子もないことを言われて、俺も突拍子もない声が出た。

「だって、さっき装飾手伝ったときに言われたんだよ。『ありがとー、伊地知くんが来てくれて助かった！』って。これってどういう意味だと思う？」

「どういう意味って……」

俺は考えた。

「……『ありがとー、伊地知くんが来てくれて助かった』という意味では……？」

だが、イッチーは俺の言葉をよく聞いていないようだ。

「正直、脈アリだと思うんだよな。今から告って両想《りょうおも》いになれたら、後夜祭に二人で出られるだろ？　そうなれたらいいなって」

ふくよかな頰を赤らめ、嬉《うれ》しそうにそう語る。こんなイッチー、初めてだ。

「でも俺、一人じゃ不安で……だから、カッシーたちに一緒に来て欲しいんだ」

「えっ、俺『たち』って……」

「あたしも⁉」

今まで、俺の傍《そば》から少し離れて、なるべく聞かないようなそぶりでそわそわしていた月愛が、目を丸くした。

「いいの？」

「う、うん……。カッシーたちは、俺の理想だから……俺も、そうなれたらいいなって。そのために勇気を出して告白しようと思ったから」

「………」

俺と月愛は目を合わせる。

そうして俺と月愛は、なぜかイッチーの告白を見届けることになったのだった。

◇

「す……好きですっ！　付き合ってくださいっ！」

四人しかいない教室に、イッチーの声が響き渡った。


ここは、文化祭実行委員の生徒の荷物置き場になっている3年D組だ。椅子を上げられた机の上や、床のあちこちに、荷物や制服が置かれて雑然としている。

イッチーは、先ほど別れたばかりの谷北さんの居場所を把握していたので、彼女を呼びに行って、ここへ来てもらったのだった。

そうして、告白が決行された。

「…………」

谷北さんは、驚いた顔で固まっていた。

大きな目を見開いて、イッチーをじっと見ている。

そして、ふと目を伏せた。

……断られるのかな、と思ったとき。

谷北さんは、深呼吸するかのように大きく息を吸った。

「伊地知くん……」

と言った顔は、怒っているように見えた。

「こういうの『告テロ』って言うんだよ？」

固まるイッチーに、谷北さんは早口で言葉をぶつける。

「うち、まだ伊地知くんのことよく知らないし。それで、なんでオーケーもらえると思ったの？」

「えっ……いや、えっ……」

「伊地知くんは、ほんとにうちのこと好きなの？　なんで？　いつ？　何きっかけで？　どこを？　顔？　だとしたら、うちにも伊地知くんを見た目だけで好きになれってこと？」

谷北さんの怒濤《どとう》の口撃に、やめたげてよぉ！　と震え上がる。

俺にはイッチーの気持ちがよくわかる。シャーペンを貸して「ありがとう」と言われただけで惚《ほ》れるのも、長身を「かっこいい」と褒められただけで好きになるのも同じだ。童貞ってそういうものなんだ。

可愛《かわい》い女の子と接触する機会があったら、それだけで好きになってしまう。

「告白って、両想いの二人が、お互いの気持ちの最終確認のためにすることだと思うの。だから、相手の気持ちがわからないときに、一か八かでするもんじゃないと思う。フラれた方は当然傷つくだろうけど、フる方だって傷つくんだよ？　目の前の人を、確実に傷つけるってわかってて断るんだから」

谷北さんの、説教のような「お断り」の文句は止まらない。

「加島くんがルナちに告ったのって、伊地知くんが罰ゲームで命令したからなんでしょ？　ルナちから聞いたよ。ルナちは『そのおかげでリュートと付き合えたんだ』って言ってたけど、うちは『はぁ？』って思ったよ。伊地知くん、告白を軽く考えすぎ。だから人にも簡単に命令できたんでしょ？」

「えっ……うっうぇえぇ……」

イッチーは病人のように青ざめて、えずいている。コテンパンにされすぎて、体調に異変が出たようだ。

「告白はゲームじゃないんだよ。確率十分の一のガチャなら十回回せば一回当たるけど、同じ相手に同じタイミングで十回告っても、一回だけオーケーなんてことはないんだよ。ダメなときは絶対にダメなの。しかも現実世界はリセマラできないし」

イッチーはもうとっくにライフ0だ。オーバーキルにもほどがある。

谷北さんは、そこでグッと唇を噛《か》んだ。

「……本当にうちのこと好きなら、今は黙ってて欲しかった。黙ったまま、友達として仲良くしてくれてたら、もしかしたら……そのうち伊地知くんのことをよく知って、うちも伊地知くんのこと好きになれたかもしれないのに。こんなふうにダメ元で告って傷ついて、うちのことも傷つけて、一体何がしたかったの？」

イッチーは答えられない。ただ壁にもたれてぐったりとしている。

そんなイッチーを見て、谷北さんは険しい表情で言った。

「好きな気持ちを、そのまま好きな人に押しつけないのも愛なんじゃないの？」

それを最後に、谷北さんは身を翻《ひるがえ》し、教室を出て行った。

「…………」

あとには屍《しかばね》のようなイッチーと、呆気《あっけ》に取られた俺と月愛が残った。

しばらくして、月愛が動いた。茫然《ぼうぜん》とするイッチーの前に行って、話しかける。

「……ごめんね、伊地知くん。アカリがあんなこと言って……」

友達として胸が痛むのか、月愛は申し訳なさそうに言った。

「アカリ、可愛いのにずっと彼氏いないじゃん？　だから、よく告られるんだよ。そのたびに落ち込んでるの。『もう少し仲良くなれたら、何か変わったかもしれないのに』って」

イッチーは、聞いてるのか聞いてないのかわからない、うつろなまなざしのままだ。

「伊地知くんもひどいこと言われてショックだと思うけど、アカリもショックだったと思うから……許してくれないかな？」

確かにそうなのかもしれない。

しかし、それを今のイッチーに言うのは少々酷だろう。

「じゃあ、あたし……アカリの様子見てくるね」

俺に告げると、月愛も教室を出て行った。

俺と二人きりになると、壁に寄りかかっていたイッチーは、そのままずるずると下がって床に座り込んだ。

「……好きな気持ちを好きな人に押しつけないのも愛、かぁ……」

しばらくしてから、傷心の表情でしみじみと、イッチーがつぶやいた。

「そう言われたら、俺の谷北さんへの『好き』って、愛じゃなかったなぁ……」

「まぁ……そうだよな」

月愛と付き合う前の俺もそうだけど、男子高生が彼女を欲しいと思う動機なんて、女の子とイチャイチャしたいからというのが大半を占めそうな気がする。

「早く付き合いたいから、ワンチャンで告ったんだろ?」

「それもそうだし……ダメならダメで、もうこれ以上期待を持たせないで欲しいっていうか。毎日谷北さんのこと考えて、会うたびに気持ちが大きくなりすぎて、もう我慢できなかったんだよ……」

装飾係は、最近毎日集まってたもんな。それも今日で終わり……きっと、そのことも告白の後押しになったのだろう。

「今告ってもダメだろうなって、ほんとはどっかで思ってたけど。現実の女の子のこと、こんなに好きになったの初めてだからさぁ。白黒つけずにはいられなくて……」

黄昏《たそが》れたようなイッチーの顔が、さびしげで気の毒だった。

「受け入れてもらえないだろうなって思ってるのに、相手を好きでいつづけるのって難しいよ。よっぽどの愛がないと。少なくとも、今の俺にはムリだった……」

「イッチー……」

だんだん俺もせつなくなってきて、慰めの言葉を探していたときだった。

ガラッと教室の扉が開いて、ニッシーが顔を出した。

「あっ、ここにいたか」

だが、そんなニッシーもいつもと比べて様子が変だった。

「ニッシー？　どうし……」

そのことを尋ねようとする俺に、ニッシーは自ら口を開いた。

「なぁ……鬼ギャルが、イケメンと手ぇ繋《つな》いで歩いてたんだけど……あれは……？」

「……うん、そういうことだよ」

「お兄さんとかでは……？」

「ないですね……」

「…………」

ああ……ニッシー、やっぱり山名さんのことが好きだったんだ。

青ざめて吐きそうになっているニッシーを見て、俺の胸が再び痛んだ。

◇

「俺たちは、青春の敗者だ……」

それからしばらく、俺たちはそのまま三人で教室にいた。

イッチーとニッシーは床に大の字に寝転がって、力なく天井を見ている。俺は床に座って、そんな二人を見守っていた。

「カッシー。お前は白河さんとこのままうまくいって結婚して、子どもたくさん作って、独り身の俺たちの分も次世代人口を増やしてくれ……」

「いや、いきなり飛躍しすぎだろ、イッチー……」

一回フラれたくらいで、生涯独身と決まったわけでもないのに。それだけ谷北さんの言葉で打ちのめされているのだと思うと、気の毒だけど。

「いや、それでさ」

呆《あき》れる俺に、今度はニッシーが口を開く。

「カッシーのとこに美人の娘が生まれたら、俺の嫁……」

「それだけはイヤだ……！」

まだ見ぬ未来の娘の身を案じて、俺は断固拒否した。

「……はぁ。でも、カッシーはすごいよな、マジで」

「ほんとな……」

そう言うイッチーとニッシーの口調は、イヤミでもやっかみでもなさそうだった。

「人を好きになって、その人も俺のことを好きになってくれるなんて……ほとんど奇跡だよ」

「でも、世界中のカップルは、そういう奇跡の末に誕生してるんだよな」

「その辺を歩いてるパッとしないカップルだって、そんな奇跡を起こせてるのに……」

「俺には起こせる気がしねーー！」

「俺もだぜ～……カッシーは幸せ者だよ」

「…………」

自分でも、そう思う。

俺は今も、奇跡の延長線上にいるんだ。

なのに。

――リュートのこと、最初は全然違う人だから面白いなって思ったけど。好きになればなるほど、自分とは全然違う世界の人なんだって思い知らされて、不安になるんだよ。あたしでいいのかなって。このままのあたしで、ずっと一緒にいられるのかな……ずっと愛してもらえるのかなって。

当たり前じゃないか。本当に大好きなんだ。今でも。

俺がずっと一緒にいたいと思ってるのは、黒瀬さんじゃなくて月愛だ。

そのことを……改めて、月愛に伝えたい。

「……カッシー？」

「どっか行くのか?」

「うん……月愛を探してくる」

二人に言い残して、俺は部屋を出た。

◇

さっき、谷北さんがイッチーをコテンパンにしたとき。

俺が考えていたのは、黒瀬さんのことだった。

——好きなの。

——わかってるから、加島くんの気持ちは。何度もフラないでよ。

——これは、わたしの気持ちの問題なの。

黒瀬さんは、俺に「月愛と別れてわたしと付き合って」と言ってきたわけではない。

それがどういうことなのか、よくわからなくて曖昧にしてしまったけど……。

——好きな気持ちを、そのまま好きな人に押しつけないのも愛なんじゃないの?

——受け入れてもらえないだろうなって思ってるのに、相手を好きでいつづけるのって難しいよ。よっぽどの愛がないと。

黒瀬さんの俺への想《おも》いが、それだけ強いのだとしたら……それでも俺は、彼女に心動かさずにいられるだろうか？

——ヤマダがしっかりしてればいいだけの話じゃん。

そうだ。

たとえ黒瀬さんが俺を好きでも、俺がしっかりしていれば、何も問題は起きない。

黒瀬さんは月愛の妹で、その事実が消えることは一生ない。

月愛と家族になりたい……なんて望みを持つなら、なおさら、俺は黒瀬さんに心を動かしちゃいけないんだ。

「……うん」

大丈夫だ。

黒瀬さんは、俺のタイプど真ん中の美少女だし、内面も魅力的な女の子だ。俺と趣味が合うところもある。

でも、月愛の妹だ。

……大丈夫。それ以上の気持ちには、もう絶対ならない。

俺がそういう態度で接していれば、きっとそのうち月愛もわかってくれて、安心してくれる。

だから伝えにいくんだ。

前みたいに、俺と付き合い続けて欲しいって。


「……あ！」

月愛を捜して校舎内をあちこち歩いてウロウロしていたら、見知った顔と鉢合わせした。

「よう」

関家さんと山名さんだった。二人は手を繋いで、長年のカップルのように寄り添って歩いている。

「まーそういうわけで、こうなったから」

関家さんは、恋人繋ぎした二人の手を俺に見せてくる。

「その節はドーモ」

関家さんの言葉に、山名さんもちょっと気恥ずかしげな顔で頭を下げる。

「……うん、よかった」

それは本心だ。

でも、俺が今気になっているのは……。

「……白河さんって、どこにいるか知ってる？」

俺の質問に、山名さんが「あー」と口を開く。

「アカリと外行ったよ。ステージの装飾の手直しするって」

「そっか、ありがとう」

文化祭は四時で終わり、そこからは生徒だけで後夜祭のステージが始まる。有志の歌やバンドなどで一通り盛り上がったあと、校庭のキャンプファイヤーを囲んで全員でフォークダンスを踊り、全プログラムが終了だ。

なんやかんやで時間が経《た》っていて、気がつけばもうほぼ四時だった。

「こちらこそ、ヤマダと彼女には感謝してるよ」

関家さんの言葉に、山名さんが「ヤマダ？」と訝《いぶか》しむ。

「そういえば、俺いつまで『ヤマダ』なんですか？」

もうとっくに黒瀬さんにバレているのに、なぜかここまで訂正する機会を逸していた。

「え？　でも俺、お前の本名覚えてねーもん」

「はぁ⁉」

この人は……それでよく感謝の言葉が述べられたもんだ、と呆れていると。

「嘘《うそ》だよ」

と関家さんが笑った。

「ありがとな、龍斗《りゅうと》」

◇

外へ行くために校舎の階段を下りながら、俺は一人つぶやいた。

「ニッシーには気の毒だけど、あれはライバルとして強すぎる……」

関家さんとニッシーじゃ、モテ力《りょく》がフリーザとヤムチャの戦闘力くらい違いすぎる。いつもは鬼ギャルな山名さんだって、関家さんの隣で仔猫《こねこ》のように可愛《かわい》らしくなっていた。

ニッシーのことを思うと胸が痛むが、俺がお膳立てしなくても、山名さんが関家さんを忘れてニッシーに振り向くことはなかったのではないか。

「……それはさておき」

俺は自分のことを考えよう。

早く月愛に会いたい。

そう思って屋外ステージに向かったが、月愛の姿はどこにもなかった。

「白河さん？　委員長に呼ばれて体育館に行ったよ」

「ルナなら、受付の撤収を手伝いに行ったよ」

「あ、もう撤収終わって、白河さんは荷物取りに行ったよ」

行く先々であと一歩追いつけず、俺はＲＰＧの主人公並みにグルグルと回り道を余儀なくされた。

「に、荷物置き場って……！」

さっきまでイッチー、ニッシーと一緒にいた三年Ｄ組のことだ。

結局、あのままあの教室にいれば、今頃月愛に会えていたってことだ。

ものすごい徒労感だ……。時計を見れば、もう三十分以上も月愛を捜して歩き回っていることになる。

「……あれ？」

だが、三年Ｄ組にも月愛はいなかった。イッチーとニッシーも出ていったあとらしく、誰の姿もない。電気が消えて荷物もなくなった教室は、がらんとしていて寂しかった。

気がつけば、校内全体が静まり返っている。反対に、後夜祭のステージは佳境に入っていて、外から聞こえてくる賑《にぎ》やかな音楽と歓声が、別世界からのもののように感じられた。

「………」

何やってるんだ、俺。

月愛に会いたいなら、連絡すればいいじゃないか。

彼氏なんだから。

気持ちが先走りすぎて、文明の利器の存在を忘れていた。

スマホを取り出して発信ボタンを押すと、聞き覚えのある音が近くで鳴り出した。

「えっ……」

教室の窓の向こうのベランダに、月愛の後ろ姿があった。ちょうど窓のサッシと重なって見えて、室内にしか注意を払っていなかった俺は、今まで気づかなかった。

「リュート……！」

スマホを取り出して耳に当てた月愛は、俺がベランダの出入り口を開けると、驚いたように振り返った。

月愛は、ベランダから後夜祭を見ていたようだ。見下ろすと、ちょうどいい感じに校庭のステージが目に入る。

「お疲れさま……仕事終わった？」

「うん。リュートも？」

「うん」

当《あ》たり障《さわ》りのない会話をしながら、俺は月愛の隣に並んで、ベランダの手すりに手を置く。

「……リュートのおかげで、今日はいい日になった。親友が、やっと幸せになれたから」

ステージを見ながら、月愛がふと微笑《ほほえ》んだ。

「アカリから聞いたよ。『パパ活してるかと思って加島くんに言っちゃった。ごめん』って」

「え、ああ……」

谷北さんが言ったのか。月愛に説明する必要があったことが、いきなり一つ解決した。

「……リュートは、あたしがパパ活してると思った？」

ふざけたように言って、月愛は俺を見つめる。

「……ううん。それは、思わなかったよ」

俺が首を振ると、彼女は微笑んだ。

「ブランドバッグは、おばあちゃんからもらったんだ。今まであたしがいくら頼んでも貸してもくれなかったのに、最近終活の本読んで、断捨離に目覚めたんだって。二個だけだけどね」

「そっか」

やはり、そういうことだったのか。

「ニコルはさ、三年以上会ってなかった……ずっと大好きだった人と、やっと会えたんだよね」

ロックの名曲が演奏されているステージを見ながら、月愛がしみじみつぶやいた。

「ニコルと関家さんを見てたら、あたし、すごくバカなことしてるなって思ったの。リュートはあたしの傍《そば》にいてくれるって言ってるのに、あたしだってそうしたいのに、海愛《まりあ》のことが気になって、勝手に距離を置こうとしてたなんて」

そう言って、月愛は微笑む。

「好きなんだから、一緒にいればいいんだよね」

自分に言い聞かせるように言って、月愛はこちらに顔を向けた。

「あたしが今、一緒にいたいと思う男の人は……世界中でリュート、たった一人」

恥ずかしそうに伏し目がちにつぶやいて、月愛は俺を見つめる。

「だったら、その気持ちを何より大切にしなきゃって思った。人生は短いもんね」

照れ隠しのように、ニッと歯を見せて月愛が笑う。

「好きなのに距離を置くなんて、青春がもったいないっ！」

月愛の声が、秋の夕方の空に吸い込まれていく。

スポーツカーは、走るために走る車。

月愛は、生きるために生きてる女の子だ。

だから惹《ひ》かれるんだ。

その純粋さに。

ただ幸せになりたくて、その思いだけで今を生きてる彼女に魅せられる。

「……せっかくの文化祭だったのに、リュートと会えなくて、バカなことしたな」

そんな彼女が、ふと残念そうにつぶやいた。

「あたしって、いつもそうだね。そのときの気持ちで動いて、後悔して……」

それがなんのことを言ってるのか考えてしまうと、胸が引き裂かれる気持ちになる。

「本当は、リュートとお化け屋敷に行ったり、いろいろ回りたかったのに」

「月愛……」

俺だって、月愛といたかったよ。

そう考えるとたまらない気持ちになって、思わず感情任せに口を開いた。

「来年行こう。来年もお化け屋敷はあるよ、きっと」

「なかったら？」

「俺が言うから。クラスでお化け屋敷やろうって」

そんな勇気が陰キャな俺にあるかわからないけど、今はそういう気持ちだった。

「来年かぁ……」

ちょっと嬉《うれ》しそうに、月愛は天を仰いだ。空はまだ明るいが、陽《ひ》の光はどこにもない。

日没が近いのだろう。

「来年も無理なら、再来年だってあるよ」

俺が言うと、月愛はこちらを振り向く。

「卒業生として？」

「うん」

俺は深く頷《うなず》いた。

「人生は、短いようで長いよ、きっと」

俺はスポーツカーじゃない。

月愛のように軽やかには生きられない。

でも、だからこそ、彼女に惹かれたんだ。

彼女だって、きっと同じだ。

違うから、惹かれ合って。

違うから、不安になって――。

誰かと生きることがこんなに難しいことだなんて、独りだった頃は考えてもみなかった。

そして、こんなに素晴らしいことだってことも。

「生きてさえいれば、来年も再来年も……その先だってある」

話すのは苦手だけど、伝えたい気持ちがあるから。

月愛の目を見て、懸命に言葉を紡《つむ》いだ。

「そんな、ずっと先まで……月愛と、一緒にいるって……俺は……思ってる、から」

もう、あんなことは言わないで欲しい。

――リュートに考えて欲しい……このまま、あたしと付き合っていていいのか。

いいに決まってる。

俺は月愛といたいんだから。

そんな思いを込めて、月愛と見つめ合った。

「……わかった」

俺の気持ちが伝わったのか、月愛は申し訳なさそうに微笑する。

「ごめんね、リュート」

「俺の方こそ……不安にさせてごめん」

いろいろと偶然が重なったとはいえ、黒瀬さんのことで心配させたのは俺だ。

「好き、なんだ。……月愛のことが」

初めて言う言葉じゃないけど、何度目だって照れ臭い。

「ずっと、月愛だけ……だから」

俺は陰キャ童貞だし、関家さんみたいにスマートにはできないけど。

おずおずと出した両手で、月愛の肩を抱き……おそるおそる引き寄せた。

月愛は素直にこちらに身を寄せ、俺の胸に顔を埋《うず》める。

江ノ島の旅館で抱き合ったとき以来だ。

初めて、自分の意思で彼女を抱きしめた。

華奢《きゃしゃ》でやわらかい、月愛の身体《からだ》のかたちとぬくもりを全身で感じる。

フローラルだかフルーティだかな香りが濃く漂って、ドキドキして、息が上手《うま》く吸えなくて胸苦しい。

「うん、あたしも」

俺の背中に腕を回して、月愛がつぶやいた。

「こんなに諦めたくないって思うのは、リュートが初めてだよ……」

　そして、顔を上げて俺を見つめる。

「リュートだからなんだよ」

　ぎゅっと抱きつかれて、息が止まりそうにドキッとする。

　彼女の香りに包まれながら、俺はその髪に顔を埋め、頼りないくらいに細い肩を、強く大切に抱きしめた。

# 第五・五章　ニコルからルナへのボイスメッセージ

あ、ルナ？　電話出ないからボイメしちゃってる。文字とか打ってる場合じゃなくて！
もーヤバいんだけど。
なんで⁉　マジヤバくない⁉　信じられないんだけど！
もう一度センパイと会えるなんて、夢みたいだよ……！
しかも、あたしとまた付き合ってくれるって……これ夢⁉　夢じゃないよね⁉
もー死んでもいいんだけど……。
……ヤバ。泣きすぎてつけま取れる。さっき付け直したのに。
後夜祭でセンパイが帰るってゆーから、ちょっと早いけどあたしも出ちゃった。
今バイトの控え室。
さっきまで手繋《つな》いで歩いてたのに、もー寂しいんだけど。
あーセンパイに会いたいよぉ……会いたすぎて死ぬ……。

ルナも今頃、無事に仲直りできてるかな?
恋愛っていいね、マジで。
絶対幸せになろうね、ルナも、あたしも。
幸せになろーね。
あたしたち、みんなさ。

# エピローグ

教室のドアが開く音で、俺と月愛《るな》は身体を離した。

「……あっ、よかった。ここにいたんだ、二人とも」

そう言って顔を出したのは、黒瀬《くろせ》さんだった。

「竹井《たけい》先生が、フォークダンス終わったら教室でパンフレット係のミニ打ち上げしようって、コーラとお菓子用意してくれてる」

竹井先生というのは、パンフレット係の先生のことだ。

「えっ……ああ、そうなんだ」

「あ、ありがと、海愛《まりあ》」

二人とも慌てつつも、なんとか普通に応じることができたと思う。

「……あ、ここからも後夜祭見えるんだね」

そう言いながら、黒瀬さんがこちらへやってくる。ベランダに出ると、俺たちから少し離れたところで、手すりに摑《つか》まって下を見た。

後夜祭のステージはさっきの曲がラストだったみたいで、今はフォークダンスが始まろうとしていた。

ステージから離れた校庭の中央にやぐらがあって、赤い炎を上げているが、まだ明るいので目立っていない。その周りを囲むように、生徒たちが男女に分かれて輪を作り、手を繋いで曲の開始を待っていた。

「……去年は、なんで後夜祭の最後がフォークダンスなんだろって思ってたけど」

それを見ながら、月愛が言った。

「これはこれで、いいのかもね。お祭りが終わるって感じがして」

「そうだね」

俺が答えたとき、音楽が始まった。有名な「オクラホマ・ミキサー」だ。

手を繋いだ男女がステップを踏んで歩き出し、手を離して次の相手とまた踊り出す。

延々と、それを繰り返していく。

その光景を見下ろしながら、黒瀬さんがぽつりとつぶやいた。

「……いいな。踊りたかったな、この曲」

「えっ、マジ？」

それに意外そうに反応したのは月愛だ。

黒瀬さんは頷《うなず》く。

「うん。前は女子校だし、フォークダンスやったことないから」

「じゃあ、なんで下行って踊らなかったの？」

「先生から打ち上げのこと言われて、二人を捜してたから」

「あぁ、そっか……」

少々ばつの悪い顔をした月愛は、続いて何か思いついたように顔を明るくする。

「踊る？　今ここで」

「三人だから無理よ」

黒瀬さんにすげなく返されて、月愛は肩を落とす。

「そっか。今から……下りて行っても、もう間に合わないよね」

そう言ってから、急に「あっ！」と閃《ひらめ》いた顔になった。

「じゃあ、あたし、誰か一人捕まえてくる！」

「えっ……⁉」

驚く俺と、黒瀬さんを交互に見て、月愛は室内へ急行する。

「男子がもう一人いれば踊れるでしょ？　誰かしらその辺にいそーだし、連れてくるね！」

言うが早いか、月愛は廊下へ飛び出していった。

「…………」

行ってしまった。

張り切る月愛の様子に、俺はほほえましい気持ちになる。

——いいな。踊りたかったな、この曲。

ずっとそっけなかった妹が珍しく口にした希望を、なんとしても叶《かな》えてあげたいと思ったのだろう。

俺との仲も元に戻った今、黒瀬さんとの「友達計画」も、これから軌道に乗っていくに違いない。

そんなことを思っていたときだった。

右手に、そっと人肌が触れる感触がして驚く。

「えっ……!?」

見ると、黒瀬さんが俺の手を取っていた。

「く、黒瀬さん……?」

思いもよらぬ急接近に、心臓がドキドキする。

そんな俺を、黒瀬さんは大きな瞳でじっと見つめた。

「……練習。付き合ってよ」

そう言って、少し拗《す》ねたように頰を膨らませる。

「それくらい、いいでしょ？　……わたし、初めてなんだから」

「…………」

そ、そうか、フォークダンスのことか……。

無言の俺の手を取ったまま、黒瀬さんはこちらの懐《ふところ》に飛び込むようにくるっと身を翻《ひるがえ》して、オクラホマ・ミキサーの体勢になる。

さらりと揺れる黒髪から、女の子らしい甘い匂いが漂う。月愛とは違う、シャボンのような香りだ。

ドキドキして、触れた手が熱い。

あの日、真実の口に入れた手が――。

――確か、嘘《うそ》つきがこの口に手を入れると、手を食いちぎられるんだよ。

――じゃあ、リュートは安心だね。リュートは『ザ・ラストマン』だから。

あのとき、俺は何を誓った？

いつか月愛とイタリアへ行ったとき。
俺はこの手を、本物の真実の口へ手を入れる勇気があるだろうか？
校庭では、オクラホマ・ミキサーの曲が引き続き流れている。
俺は黒瀬さんと、ぎこちないステップを踏み始める。
月愛のことが好きだ。
ずっと一緒にいたい。
その気持ちは揺るがない。
けれども。
この白い華奢《きゃしゃ》な手を振り払う勇気も、ときめきを覚えずにいられる鋼の心も——。
今の俺には、ないのだった。

# あとがき

三巻です。月愛《るな》にとっての「二ヶ月の壁」（彼氏と二ヶ月で破局してしまう）を龍斗《りゅうと》がぶち破ってくれたように、私にとっての「二巻の壁」を、この作品が突破してくれました。

それもこれも応援してくださった皆様のおかげです……本当にありがとうございます。

もちろん三巻を出したかったけど、期待しすぎないようにしていたので、三巻刊行が決まったときは若干慌ててましたが、再びこの物語の世界に戻ってこられて感無量です。

今回もまた、経験したことのない青春を錬成してしまいました。フォークダンスなんてしたことねぇ！　サバゲーは何者だ？　俺《お》らの母校には男子がいねぇ！　俺ら共学さ行くだ〜……来世で。

というわけで三巻を出せましたが、それによって海愛《まりあ》の解像度が上がったのがよかったなと作者として思っています。私は海愛のことも愛してますので……。イッチー、ニッシーのことだって想《おも》ってるんですよ。

作中のドラゴンボールの喩《たと》えは、もう今の十代には通用しないのではないか……と一回別案を検討しましたが、今の流行《はや》りで幅広い年代に通じる喩えが思いつかなかったのと、レジェンド作品なので若い世代でも知っている人は知っているかなと思い、中高年全開の喩えを押し通してしまいました。……ごめん若人。わからない？　坊やだからさ。

今回も、イラスト担当のmagako様には大変お世話になりました。アカリがめちゃくちゃアカリで、キャラデザを見てビックリ感激しました。いつも素晴らしいイラストで作品の世界を豊かにしてくださって、ありがとうございます！

担当編集の松林《まつばやし》様も、いつもありがとうございます。作品の完成度を高めるサポートにはもちろん感謝しておりますが、ＰＶなどプロモーション面もいろいろ考えてくださってありがたいです！（まだＰＶをご覧になっていない方は、ぜひ「経験済み」「ＰＶ」で検索なさってみてください！）

また、発売中のドラゴンマガジン九月号では、中学時代の龍斗と海愛の〝エピソード０〟が読めますので、ぜひ合わせてご覧ください。

九月三十日から、一巻のオーディオブックの配信も始まりますよ！

それでは、また四巻でお会いできますように！

二〇二一年八月　長岡《ながおか》マキ子

お便りはこちらまで

〒一〇二‐八一七七
ファンタジア文庫編集部気付
長岡マキ子（様）宛
magako（様）宛

富士見ファンタジア文庫

経験済《けいけんず》みなキミと、経験《けいけん》ゼロなオレが、お付《つ》き合《あ》いする話《はなし》。その3

令和3年9月20日　初版発行
令和5年5月25日　10版発行

著者――長岡《ながおか》マキ子《こ》

発行者――山下直久
発　行――株式会社KADOKAWA
〒102-8177
東京都千代田区富士見2-13-3
0570-002-301（ナビダイヤル）
印刷所――株式会社KADOKAWA
製本所――株式会社KADOKAWA


※定価はカバーに表示してあります。
●お問い合わせ
https://www.kadokawa.co.jp/（「お問い合わせ」へお進みください）
※内容によっては、お答えできない場合があります。
※サポートは日本国内のみとさせていただきます。
※Japanese text only

ISBN978-4-04-074213-7　C0193　◆◇◇

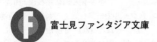

「す、好きです!」「えっ? ススキです!?」。
陰キャ気味な高校生・加島龍斗は、
スクールカースト最上位&憧れの白河月愛に
罰ゲームきっかけで告白することになった。
予想外の「え、だって今わたしフリーだし」という理由で
付き合うことになった二人だが、
龍斗はイケメンサッカー部員に告白される
月愛の後をつけて盗み聞きしてみたり、
月愛は付き合ったばかりの龍斗を
当たり前のように自室に連れ込んでみたり。
付き合う友達も遊びも、何もかも違う2人だが、
日々そのギャップに驚き、受け入れ合い、
そして心を通わせ始める。
読むときっとステキな気分になれるラブストーリー、
大好評でシリーズ展開中!

# ありふれた毎日も全てが愛おしい。

# 経験済みなキミと、経験ゼロなオレが、お付き合いする話。

著/長岡マキ子　イラスト/magako

ファンタジア文庫
何気ない一言も
キミが一緒だと
第4巻
今冬発売決定!!

切り拓け！キミだけの王道
ファンタジア大賞
原稿募集中！
賞金
《大賞》300万円
《金賞》50万円
《銀賞》30万円
選考委員
細音啓 「キミと僕の最後の戦場、あるいは世界が始まる聖戦」
橘公司 「デート・ア・ライブ」
羊太郎 「ロクでなし魔術講師と禁忌教典《アカシックレコード》」
ファンタジア文庫編集長
前期締切 8月末日
後期締切 2月末日
公式サイトはこちら！ https://www.fantasiataisho.com/
イラスト／つなこ、猫鍋蒼、三嶋くろね